I0456527

B. A. FUCHS

BLEILAWINE

Prosaschleuder Verlag, Rheurdt

www.prosaschleuder.de

ISBN: 978-3-945149-01-0

ERSTER TAG

In einem Film würde die Kamera über die weißen Wipfel der verschneiten Bäume fliegen, kein Zeichen menschlicher Zivilisation wäre zu sehen. Mit der modernen Drohnen-Technologie könnte man die Kamera in den Wald hinab tauchen und zwischen den Bäumen hindurch fliegen lassen, unterbrochen nur durch den Schnitt auf ein armes Wildtier, das von einer kargen Mahlzeit irritiert aufblickt.

Dann: Eine Straße, ungeräumt, die weiße Pracht ein halber Meter hoch. Die Kamera folgt der Straße, bis eine einsame Gestalt am Horizont sichtbar wird, ein dick vermummter Mensch, der sich auf einem Motorrad langsam durch den Schnee kämpft.

Der Zuschauer fliegt dem Motorrad für eine ganze Weile hinterher. Währenddessen werden die üblichen Texte eingeblendet: »Eine Samuel L. Bronkowitz Produktion eines Alan Smithee Films in Kooperation mit Woltz International Pictures ...«, und so weiter. Alles Sachen, die man besser in den Abspann packen sollte. Bis auf den Regisseur vielleicht. Aber ein paar Wichtigtuer wollen unbedingt ihren Namen sehen, ohne den ganzen Film gucken zu müssen.

Schließlich wird die Musik leiser und der Motorlärm lauter.

Die Gegend war schon ganz nett. So oder so ähnlich würde ein Wald auf Hoth aussehen, dem Eisplaneten. Wenn es dort Wälder gäbe. Um das Bild zu komplettieren, fehlten nur noch Truppen des Imperiums, die mich verfolgen. Aber ich konnte mich auch ganz gut alleine in Schwierigkeiten bringen: Das Vorderrad schlingerte, stieß gegen etwas Hartes und geriet auf eine Eisfläche. Das Motorrad neigte sich langsam zur Seite, ohne dass ich es verhindern konnte. Ich setzte den Fuß auf den Boden, rutschte auch weg, und schon pressten die drei Zentner der TDM 900 mein rechtes Bein in den Schnee. Der Auspuffkrümmer drückte auf meine Wade, es wurde ziemlich schnell ziemlich heiß. Ich schaffte es, mein Bein unter dem Moped herauszuziehen, bevor ich an den Kauf von Brandsalbe denken musste. Aber die Hose war hin. Gut, wenn ich unten was abschneiden würde, konnte ich sie im Sommer noch tragen. Aber nicht hier und jetzt, bei acht Grad minus.

Ich rappelte mich hoch, zum sechsten Mal heute. Brandsalbe brauchte ich vielleicht nicht, aber ich hatte so viele blaue Flecken, dass ich mit dem Schmerzgel-Vorrat einer drittklassigen Eishockey-Mannschaft nicht auskommen würde.

Da stand ich nun, Hände in die Hüften gestemmt, und betrachtete mein Motorrad, das immer noch vor sich hin tuckerte. Als ob es sagen wollte: »Also, ich könnte noch den ganzen Tag durch verschneite Straßen pflügen, aber dafür bist du ja echt zu blöd!« Ich gab dem Hinterrad einen heftigen Tritt – man will ja nichts wirklich kaputt machen – und sagte: »Schande über dich, einspuriges Motorfahrzeug!«.

Vielleicht war es auch: »Fick dich, Kackhaufen!«,

die Buchstaben liegen auf meiner Tastatur dicht beisammen.

Aber die TDM hätte natürlich recht gehabt. In Theorie und Fantasie war eine Motorradtour durch die winterliche sächsische Schweiz eine großartige Idee, die mir letzten Herbst gekommen war, als ich beruflich in der Nähe zu tun hatte. Ich höre mich noch schwärmen: »... durch knietiefen Schnee über Nebenstraßen fahren, bis die Nase rot leuchtet, und abends in einem kleinen Dorfgasthaus eine heiße Tasse Schokolade.«

In der Praxis hatte mir der Streudienst meinen Urlaub buchstäblich versalzen. Der Rückzug auf ungeräumte Nebenwege führte zu dem beschriebenen Ergebnis: Ich verbrachte mehr Zeit im Schnee liegend als im Sattel sitzend.

Für heute hatte ich die Schnauze voll. Einen halben Kilometer zurück hatte ich den Wegweiser zu irgendeinem Pissdorf gesehen, da würde ich hinfahren und übernachten. Hoffentlich gab es da wenigstens heiße Schokolade. Immerhin konnte ich jetzt ein Stück weit die Schneise fahren, die ich mir vorhin gebahnt hatte. Als ich dann an dem Wegweiser abbog, zögerte ich nicht. Warum auch. In diesem Moment konnte ich nicht ahnen, dass ich in den nächsten fünf Tagen neunzehn Leute erschießen würde. Dann wäre ich natürlich nicht abgebogen, sondern nach Hause gefahren. Und hätte mir noch Munition geholt. Ich hatte gerade mal fünfzehn Schuss dabei.

Ich schaffte es tatsächlich nach Pissdorf, ohne mich noch mal auf die Fresse zu legen.

Pissdorf sah ziemlich abgewrackt aus. Vom Soli waren hier nur ein paar Cent hin gerollt. Auf beiden Seiten der Straße gab es sehr hübsche Architektur, aber baufällig war noch geschmeichelt. Viele Häuser standen leer, ein paar waren abgebrannt, und an einer Wand fiel mir ein Fleck auf, der nach getrocknetem Blut aussah. Die wenigen Gardinen, die noch in den Fenstern hingen, bewegten sich. Als ob die Leute hier noch nie ein Motorrad gesehen hätten.

Nach ein paar hundert Metern wurde die Besiedelung dichter; ein Schild wies auf den Beginn der Gottesdienste hin. Jemand hatte, ohne große zeichnerische Finesse, einen Pillemann drauf gemalt. Ich war anscheinend im Ortskern angekommen. Links stand ein Gebäude, das an der einfallslosen Bauweise leicht als Schule zu erkennen war. Kinder waren keine zu sehen, nur drei Bratwürste Anfang dreißig, die sich für unheimlich hart hielten und meinen Blick mit ihren Stinkefingern beantworteten.

Am Ende der Straße war das Rathaus zu erkennen, ein ehemaliger Prachtbau aus glorreicheren Zeiten. Irgendwann musste Pissdorf mal ganz nett gewesen sein, vielleicht ein beliebtes Ziel für Vorkriegs-Wandervögel. Aber im real existierenden Sozialismus war wohl kein Platz im Plan vorgesehen, und nach der Wiedervereinigung hatte man sich lieber auf teure, nutzlose Leuchtturmprojekte konzentriert. Pissdorf war verfallen wie ein Alkoholiker in einer Absteige, von Gott und der Welt vergessen, der Verwahrlosung ausgeliefert wie eine crack- und schwindsüchtige Fünf-Euro-Nutte mit Syphilis, gemieden wie ein Bordell für Leprakran—

Ich unterbrach meinen inneren Monolog, weil er zu sehr nach modernem Möchtegern-Film-Noir klang. Und weil ich vor Pissdorfs Touristenmagnet Nummer Eins stand: dem Hotelrestaurant »Heimathafen«. Warum man in einem Schmalspurgebirge, Seemeilen von jedwedem schiffbaren Gewässer entfernt, ein maritimes Thema für eine Kneipe gewählt hatte, wollte mir nicht einleuchten. Aber solange die Speisekarte mehr zu bieten hatte als Zwieback und Fischstäbchen, und solange ich nicht in einer Hängematte schlafen musste, sollte es mir egal sein.

Jeanette Golzow beobachtete durch das große Fenster zur Straße die Ankunft des Motorradfahrers. Hoffentlich würde er rein kommen. Vielleicht sogar ein Zimmer nehmen! Das wäre der erste Übernachtungs-Gast seit fast einem Jahr.

Jeanette hatte den »Heimathafen« vor zwanzig Jahren von ihrem Großvater übernommen. Dessen Vater hatte in seiner Jugend für drei Monate auf einem Bananendampfer als Smutje angeheuert und hielt sich fortan für einen alten Seebären, der seinen Mitmenschen mit zwei erlebten, Dutzenden gehörten und Hunderten erfundenen Geschichten aus der wunderbaren Welt der Nautik den Abend verderben konnte. Aber man lernte schnell, bestimmte Reizwörter zu vermeiden, die die Schleusen des Mannes öffneten, und wenn er seine Schotten dicht hielt, war er tatsächlich ein guter Wirt.

Sein Sohn, Jeanettes Opa, importierte aus dem nahen Pilsen das gleichnamige Bier ebenso inoffiziell wie erfolgreich, und so ernährte die Kneipe auch ihn und seine Kinder.

Nach der Wende zogen die meisten seiner Enkel

in den Westen. Jeanette hoffte auf Urlauber, die das nun wiedervereinigte Deutschland, und speziell das Elbsandsteingebirge, zu Fuß erkunden wollten. Sie blieb ihrer Heimat treu, auch wenn damit nicht mehr viel los war. Es konnte nur besser werden.

Leider machten ihr Bürokratie und Thomas Montag einen Strich durch die Rechnung. Bei der großen Reform der Landkreise 1995 ging einiges schief, als die Inkompetenz der sich breit machenden Besser-Wessis auf die Betonköpfigkeit der posten-klammernden Ostalgiker traf. Das Ende vom Lied: Jeanettes Dorf gehörte zu keinem Kreis, niemand fühlte sich zuständig. Das kleine Polizei-Revier wurde geschlossen, der Schulbetrieb eingestellt, die Finanzmittel der Verwaltung gestrichen.

Thomas Montag nutzte die Gelegenheit: Er ließ sich mit seiner Bande nieder, vertrieb die meisten anständigen Bürger und zwang den eingeschüch-terten Rest, ihn zum Bürgermeister zu wählen. Damit war der Schein gewahrt, er gab sich den Behörden gegenüber als Helfer in der Not aus, verzögerte aber mit sämtlichen legalen und illegalen Mitteln eine Revision der Kreisreform.

Vor Ort setzte er alles daran, das Dorf noch wei-ter in die Verwahrlosung zu treiben, noch weniger attraktiv zu machen, weil größere Mengen Touristen seine Schmuggelgeschäfte gefährdeten.

Jeanette lebte von ihrem Ersparten und den weni-gen Alteingesessenen, die sich alle paar Abende in den »Heimathafen« verirrten und in Erinnerung an bessere Zeiten über ihrem Bier brüteten.

Und obwohl sie Thomas Montag einen langsamen und schmerzhaften Krebstod an den Hals wünschte, hörte sie sich gerade die Schwärmerei seiner Tochter an. Rosalie war vierzehn, und Jeanette wollte dem Mädchen ihren Vater nicht zum Vorwurf machen.

»Der Jaromil ist so süß! Guck mal, was er mir gestern für eine SMS geschickt hat!«

Rosalie hielt ihr Telefon vor das Gesicht der Mittvierzigerin. »I<3U!« war auf dem Bildschirm zu lesen.

»Aha. Und was heißt das?«

»Den Winkel und die Drei musst du seitlich lesen, dann gibt das ein Herz, und der Rest ist englisch. Das heißt: Ich liebe dich! Ich stand gestern auf dem Balkon und hab mir noch eine geraucht, und ich weiß nicht, ob er das gesehen hat mit Fernglas, aber da kam die SMS, und da hab ich sofort geantwortet!«

Jeanette musste wieder lesen: »I<3U2!« Sie konnte sich denken, dass das Mädchen nicht die irische Band meinte.

»Aber das gibt nie was mit uns!«, sagte Rosalie. »Ich würde am liebsten sterben!«

Bevor Jeanette antworten konnte, kündigte das Knarzen der vorderen Tür den Realität gewordenen Wunsch der Wirtin an. Der Motorradfahrer kam in den »Heimathafen«.

Jeanette drückte ihre Zigarette aus, schnappte sich ein Tuch und wischte damit ein Pilsglas aus, um beschäftigt zu wirken.

Aus dem Helm mit verspiegeltem Visier drang ein dumpfes »Tag«, die Gestalt stapfte zu dem Tisch in der hintersten Ecke, legte den Rucksack ab und begann, sich aus den zahlreichen Kleidungsschichten zu schälen.

Auf der anderen Seite des Fensters tauchten drei

Männer auf. Jeanette erkannte sie sofort: Schläger der Puletka-Bande, und ausgerechnet die großmäuligsten. Einer der drei sah durch das Fenster. Er wiegte hin und her, um die gespiegelte Außenwelt aus seinem Blick zu bekommen. Rosalie duckte sich hinter der Tischdekoration aus Kunstblumen. Die Gestalt in Jeanettes Gaststube, immer noch behelmt, ging zum Fenster und winkte dem Mann zu. Dann verschränkte sie die Arme vor der Brust und rührte sich nicht weiter.

Draußen setzte der Mann seinen Fuß auf den Tank und stieß das Motorrad mit einem Tritt um. Sobald es auf dem Boden lag, stellte sich das Trio daneben. Jeanette konnte nur ihre Oberkörper sehen, aber es war eindeutig zu erkennen, dass alle drei auf das Motorrad eintraten. Der Besitzer sah zu. Nichts an seiner Körperhaltung verriet eine Reaktion auf die Ereignisse jenseits des Glases. Die Rüpel verabschiedeten sich mit einem letzten Mittelfinger. Der Motorradfahrer nahm den Helm ab. Jeanette sah in das lächelnde Gesicht einer Frau Mitte zwanzig. Ihre Augenlider waren unterschiedlicher Meinung, was »offen« bedeutete, und beide waren von dem allgemeinen Konsens ein paar Millimeter entfernt. An der rechten Hand fehlte der Ringfinger. Jeanette sah etwas zu lange dort hin, die Frau bemerkte den Blick.

»Praktikum im Sägewerk. Ich glaube, ich bleibe ein paar Tage hier. Hast du W-LAN? Das würde ich gleich gerne mal benutzen, wenn ich darf. UMTS-Empfang ist hier ja kacke. Von LTE ganz zu schweigen. Und ich habe gerade einen Mordshunger bekommen. Auf der Tageskarte draußen stehen Kalbsmedaillons, das hört sich gut an. Aber ich hätte lieber Pommes statt Kartoffeln, wenn es keine großen Umstände macht. Zu trinken bitte einen Apfelsaft. Heiße Milch wäre mir ja lieber, aber Milch hat ja kaum ein Restaurant im Angebot. Warum eigentlich nicht? Bei H-Milch muss man sich doch wenig Gedanken um die Frische machen, und selbst, wenn die abläuft: Das Essen wird doch auch entsorgt, wenn es nicht mehr gut ist. Egal. Kakao mag ich nicht. Kaffee nur im Notfall. Bevor du fragst. Also, ich habe ziemlichen Hunger, dürfen gerne ein paar Pommes mehr …«

Die Stimme der Frau klang, als würde sie jeden Morgen mit einer Messingdrahtbürste Grünspan von den Stimmbändern raspeln. Jeanette hörte mit der gleichen Faszination zu, mit der man einen Autounfall betrachtet. Sie musste sich zwingen, die Fremde zu unterbrechen.

»Um ehrlich zu sein, die Tageskarte ist überholt. Tut mir leid.«

»Kein Problem. Dann such ich mir was von der normalen aus.«

»Also …«

»Lass mich raten: Die Saison ist vorbei, keine Gäste mehr, keine Vorräte?«

»So in etwa, ja«, sagte Jeanette und hoffte, dass die Besucherin nicht sofort wieder verschwand.

»Ok. Biete mal was an. Ich bin anspruchslos.«

»Ich hätte noch ein Mikrowellen-Gulasch.«

»Heiße Matsche? Spitze! Her damit. Stell mir vielleicht noch ein paar Gewürze hin.«

Die Frau war vor die Tür gegangen, hatte ihr Motorrad wieder aufgerichtet und die Schäden begutachtet. Jetzt saß sie am Tisch, schlabberte ihr

Gulasch mit der Linken, während ihre rechte Hand über den Bildschirm ihres Smartphone huschte.

»Ganz schön teuer, der Blinker, Junge, Junge. Und eine Woche Lieferzeit. Ich lass mir den Kram hierhin schicken. Sag mir mal bitte eben die Postleitzahl?«

Jeanette ratterte die fünf Ziffern automatisch runter. Sie wusste nicht, ob sie sich freuen durfte, dass die Frau ein paar Tage bleiben wollte. Oder ob sie sie zur Weiterfahrt drängen sollte. Die normale Reaktion auf den Vandalismus wäre Angst oder Wut, Jeanette konnte sich die Gleichgültigkeit ihres Gastes nicht erklären. Sicher war Jeanette nur in einem: Diese Frau würde hier jede Menge Ärger bekommen. Oder machen.

Rosalie sah den Zeitpunkt gekommen, sich wieder in Jeanettes Fokus zu rücken. »Ich weiß gar nicht mehr, was ich machen soll. Wenn mein Vater erfährt, dass ich in einen von den Puletkas verliebt bin, fährt der total ab! Und Jaromil soll in einer Woche zurück ins Internat, dann sehen wir uns nie wieder! Am liebsten würde ich sterben!«

Die Motorradfahrerin schaute von ihrem Teller auf. An ihrem Kinn hing ein Stückchen Zwiebel. »Erzähl mir mehr.«

Jeanette beeilte sich, die Situation im Dorf in dunkelsten Farben zu schildern, um die Fremde einzuschüchtern: Die Karriere von Rosalies Vater blieb ungestört, bis die Tschechische Republik sich 2004 in die Europäische Union einreihte. Die tschechischen Banden hatten den Anschluss als endgültiges Signal betrachtet, in den Westen zu expandieren und möglichst jede noch so kleine Nische zu besetzen. Der Vater von Rosalies Schwarm Jaromil, Vojtech Puletka, hatte sich

Pissdorf als Nische ausgesucht. Sich breit und breiter gemacht, erst Diebesgut über die Grenze in seine Heimat getragen, später gefälschte Produkte auf dem Rückweg transportiert. Die ersten Jahre arrangierte er sich mit Montag, entrichtete einen Obolus, aber als beide ein Stück vom gleichen Kuchen wollten, endete der Frieden. Es hatte Tote gegeben. Puletka suchte sich ebenfalls ein paar korrupte Beamte, die den Deckel auf Pissdorf hielten, und so entstand ein Gleichgewicht des gegenseitigen Belauerns.

»Lass mich mal zusammenzufassen: Hier haben wir eine Oase der Anarchie in unserem sonst so wohlgeregelten Staat? Wenn hier jemand die Bullen ruft …«

»Das hat schon ewig keiner mehr versucht. Hat keinen Zweck«, sagte Jeanette.

»Cool …«

»Und dann habe ich Jaromil über Facebook kennengelernt!«, drängte Rosalie sich in die Diskussion. »Ich wusste nicht, dass er ein Puletka ist. Ist mir auch egal! Ich liebe ihn!«

»Moment, Mädchen. Das wird mir gerade erst klar … Habe ich das richtig verstanden?« Die blonde Frau stand auf, legte den Kopf etwas schief und wischte mit der Serviette die Apfelsaftflecken vom Tisch, bevor sie fortfuhr. »Du heißt Rosi Montag? Was für ein blöder Name! Du hast bestimmt einen Cousin namens Sascha Mittwoch, oder?«

Ihr Lachen klang, als ob eine Aufnahme kreischender Raben mit halber Geschwindigkeit und rückwärts abgespielt würde.

»Willst du mich verarschen, du Nutte?« Rosalie hatte ein kleines Messer gezogen, mit dem sie der Frau vor dem Gesicht herumfuchtelte. Deren Lachen ebbte ab, übrig blieb ein Lächeln zwischen Mitleid und Spott. Sie schnippte mit den Fingern ihrer rechten Hand, Rosalie sah dort hin, die Frau griff mit ihrer Linken Rosalies Handgelenk und hielt es fest. Das Mädchen kam gerade auf die Idee, das Messer in die andere Hand zu nehmen, als vor ihren Augen ein orangefarbener Streifen aufblitzte. Sie spürte etwas Kaltes in ihrem Nasenloch.

»DAS ist ein Messer. Keramik. Zwanzig Zentimeter Klinge, neunzehn davon sind noch außerhalb deines Kopfes. Lass deinen Zahnstocher fallen.«

Rosalies Waffe polterte auf den Parkettboden des »Heimathafen«. Die Frau steckte ihr Messer wieder unter die Jacke.

»Ich wollte dir eigentlich meine Hilfe anbieten, Schnucki.«

Sie legte ihre Hände auf Rosalies Schultern und lächelte wieder, dieses Mal wie eine große Schwester, die dem Nesthäkchen gerade die Sache mit den Jungs erklärt.

Jeanette hatte den Ausbruch der Feindseligkeiten verfolgt, gelähmt vor Angst. Und von der Vorstellung, literweise Blut aufwischen zu müssen. Während sie sich wieder beruhigte, fiel ihr auf, wie sehr sich die beiden Kontrahentinnen unterschieden: Rosalie war nur etwas größer als anderthalb Meter, die Motorradfahrerin maß mindestens zwanzig Zentimeter mehr. Sie hatte schulterlange, hellblonde Haare, graue oder blaue Augen, helle, fast ungesund bleiche Haut und war, soweit Jeanette das unter der legeren Kleidung sehen konnte, von schlanker, athletischer Statur. Rosalie konnte man nicht guten Gewissens als »dick« bezeichnen, selbst »moppelig«

wäre falsch gewesen, aber gegen »drall« hätte sie selber nichts einwenden können. Ihre Haare waren so schwarz wie ihre Augen und ihr Kajal. Sie lag öfter auf der Sonnenbank als im Bett, zweihundert Prozent ihres üppigen Taschengelds gab sie für Kleidung und Kosmetik aus.

Die Große setzte sich wieder hin und wies der Kleinen einen Platz zu.

»Sieht's wirklich so schlecht aus für die große Liebe?«

»Mein Vater würde nie erlauben, dass ich mich überhaupt mit Jaromil treffe. Und der alte Puletka ist genauso stur, sagt Jaro. Alle sind gegen uns!«

»Warum haut ihr nicht einfach ab?«

»Die würden uns doch finden!«

»Glaube ich auch. Vorausgesetzt, ›die‹ wollen das überhaupt.«

»Ich sehe keinen Ausweg für uns, außer …«

»Was, Selbstmord? Blödsinn. Bringt nichts. Ich dachte immer, wahre Liebe würde auch die größten Hindernisse überwinden? Dann kann es ja bei euch nichts Ernstes sein, wenn ihr schon an der ersten Hürde scheitert.«

»Doch, ich liebe ihn, und er mich, aber …«

»Jajaja, und trotzdem macht ihr euch vor euren Vätern in die Hose. Hindernisse muss man aus dem Weg räumen, wenn man sie nicht überwinden kann.«

Rosalie ließ die Worte der Fremden sacken. Die Frau hatte recht. Sie war eine blöde Fotze, aber sie hatte recht. Es war ja nicht Rosis Schuld, dass die Puletkas solche Wichser waren. Bis auf Jaro natürlich. Der Arme, er steckte in der gleichen Situation wie sie selbst: Seine Eltern waren auch scheiße. Rosi hatte sich in den letzten Jahren oft gefragt, ob sie adoptiert worden wäre oder bei der Geburt vertauscht. Anders konnte man den dauernden Kleinkrieg zwischen ihr und ihren Eltern nicht erklären. Alles verboten sie ihr: Make-Up ist zu teuer, Solarium gibt Hautkrebs, und wehe, wir erwischen Dich mit Drogen. Dabei war Kiffen weniger gefährlich als Saufen. Aber mach das mal deiner Mutter klar. Kein Verständnis, selbst, wenn sie ausnahmsweise nüchtern war. Was würde die erst sagen, wenn sie von Rosis und Jaros Liebe hörte? Rosis Vater würde sich verraten fühlen, soviel stand fest. Besser, ihre Eltern würden das gar nicht erst erfahren. Auf den Streit konnte Rosi gut verzichten. Wären ihre Eltern nicht ganz so scheiße, hätte sie ihnen alles erzählt. Aber so waren sie selber schuld.

»Was sollen wir denn machen?«, fragte sie die Fremde. Vielleicht war die doch nicht so blöd. Schließlich hatte sie Rosi die Augen geöffnet.

»Ich könnte dir helfen.«

»Wie denn?«

»Außer dem Messer hab ich noch was anderes bei. Gut gegen die meisten Hindernisse.« Die Fremde schlug ihre Jacke zurück. Jeanette konnte nicht sehen, was sie Rosi zeigte, aber das Mädchen bekam große Augen. Bevor Rosi ihre Sprache wieder fand, redete die Frau weiter: »Rate mal, was ich beruflich mache. Tipp: Ich bin nicht bei der Polizei.«

»Machst du so Sachen wie mein Vater, oder die Puletkas?«

»Nein. Ich werde von Leuten engagiert, die Hindernisse aus dem Weg geräumt haben wollen. Wie du.«

»Also würdest du für mich arbeiten, meine Hindernisse für mich aus dem Weg räumen?«

»Ja. Natürlich nicht umsonst.«

»Was kostet das denn?«

»Wie viel hast du?«

»Bestimmt nicht genug. Ich hab nur vierzig Euro dabei.«

»Ok, reicht für den Anfang. Her damit. Was noch? Nur Bares.«

»Zu Hause habe ich noch einen Rest von meinem Taschengeld, ich weiß nicht, vielleicht fünfzig oder sechzig?« Rosalie konnte nicht glauben, dass die Fremde sich mit so einer kleinen Anzahlung zufrieden geben wollte und fürchtete, sie mit dem kläglichen Rest endgültig zu beleidigen. Aber die Frau nickte.

»Klingt gut. Sagen wir insgesamt hundert. Mir egal, wo du die sechzig herholst. Beklau deine Eltern. Machst du ja sowieso schon, oder?«

»Wie willst du uns denn helfen?«

»Ich sorge dafür, dass ihr hier abhauen könnt, ohne dass euch einer folgt. Vertrau mir. So was ist meine Spezialität. Ich krieg das hin. Wenn möglich, mit Gewalt. Lass mir deine Telefonnummer da, dann hau ab nach Hause und halt ein paar Tage den Kopf unten. Haben wir einen Deal?«

»Ja.« Rosalie diktierte die Nummer, dann stand sie auf und schaute die Frau skeptisch an. »Verarsch mich nicht!« Sie drehte sich um verließ den »Heimathafen«.

Jeanette konnte sich nicht länger zurückhalten. »Hör mal, das Mädchen ist vielleicht nicht gerade … aber ihr das Geld aus der Tasche zu ziehen, und was noch viel schlimmer ist: ihr falsche Hoffnungen zu machen, das ist schon eine Schweinerei!«

»Wieso falsche Hoffnungen? Ich werde ihr Problem lösen. Dafür bezahlt sie mich. Wir haben eben einen Vertrag geschlossen.«

»Nicht dein Ernst, oder? Hast du eine Ahnung, in welches Wespennest du hier trittst? Willst du für einen Hunderter dein Leben riskieren? Die werden dich töten!«

»Ich habe da so einen Plan, weißt du, und der beruht im Wesentlichen auf dem Gegenteil.«

Die Frau zog ihre Steppjacke über und ging ohne weiteren Kommentar nach draußen.

Knurp, knurp, knurp.

Ich laufe gerne durch Schnee. Ich mag das Geräusch, wenn er sich unter meinen Sohlen verdichtet. Zum Rathaus waren es nicht viel mehr als hundert Meter. Auch von Nahem: Schönes Gebäude. Bestimmt hundert Jahre alt, viel Schnörkel von außen.

Aber die Tür ging echt schwer auf, der Schließer war zu stark eingestellt. Innen sah es aus, als wenn die sechziger Jahre wiederauferstanden wären: Käsefarbene Wände und Bodenfliesen aus Pissbudenmarmor. Um die Behörde etwas menschlicher zu gestalten, hatte eine sentimentale Seele den Flur mit Blättern des Tierbabykalenders 1998 dekoriert.

Aus der ersten Etage kam ein schmuddeliger Typ in Trainingsklamotten. Auf halber Höhe der Treppe blieb er stehen und fragte: »Was willst du?«

»Herrn Montag sprechen, bitte.« Ich bin halt höflich.

»Geht nicht.«

»Schade. Sagen Sie ihm bitte, mein Name wäre

Kowalski, und ich würde ihm meine Dienste anbieten wollen. Ich bin aber nicht billig.«

»Der braucht keine Nutten.«

»Darum geht's nicht, Sportsfreund.«

»Sondern?«

»Ich hab gehört, er könnte ein paar gute Leute brauchen.«

»Höchstens ein paar gute Männer.«

»Ok. Ich verstehe. Dann ist wohl eine Demonstration angesagt. Kommt gleich. Wenn er Interesse hat: Ich warte im ›Heimathafen‹.«

Ich winkte dem Schmierlapp zum Abschied und ging wieder nach draußen.

Knurp, knurp, knurp, knurp, am »Heimathafen« vorbei, nochmal hundert Meter, und ich stand vor der Turnhalle der Schule.

Ich drückte die Nebentür auf und tatsächlich: Da standen die drei Arschlöcher, die meine Karre demoliert hatten. Sonst war die Halle leer. Die Wirtin hatte recht gehabt, die anderen waren weg. Die zogen wohl regelmäßig über die Grenze, um irgendwelche Ware zu holen.

»Jungs, ich bin mit eurer Umgestaltung meines Mopeds nicht einverstanden. Viel habt ihr ja nicht kaputt gemacht, aber drei Blinker, die Rückleuchte und der Scheinwerfer, das läppert sich zusammen. Der Lenker scheint mir auch leicht verbogen. Ich habe neue Teile bestellt, alles in Allem schuldet ihr mir ... Moment!«

Ich zog mein Telefon aus der Tasche, weil ich die Summe vergessen hatte und auf der digitalen Notiz nachlesen musste.

»... vierhundertsechsundfünfzig dreiundsechzig. Würde mich wundern, wenn ihr gerade soviel bei habt, aber ich bin noch ein paar Tage hier. Ihr könnt die Knete im ›Heimathafen‹ bei der Wirtin …«

»Hast du den Arsch auf, du Schlampe?«

Der Aufstachler, war ja klar.

Wenn man es mit Amateur-Trios zu tun hat, funktionieren die erstaunlich oft nach dem gleichen sozialen Muster: Es gibt einen Boss, gewöhnlich der körperlich Stärkste. Manchmal auch der Schlaueste, aber das will nicht viel heißen. Das Alpha-Männchen jedenfalls. Üblicherweise ein ruhiger Typ, vielleicht tut er auch nur so, weil er Überlegenheit und Unerschütterlichkeit signalisieren will.

Nummer Zwei, der Aufstachler, ist meistens in jeder Beziehung unfähig, überdeckt das aber mit seiner Großmäuligkeit. Weil die anderen beiden selten wirklich schlau sind, hat er mit dieser Taktik Erfolg. Und weil der Boss die Arschkriecherei des Aufstachlers genießt.

Der dritte ist der Mitläufer: Stiller Geselle, oft klinisch blöde, hofft auf Anerkennung. Will sich in den Augen der anderen bewähren und hat heimlich für den Ernstfall trainiert.

Ich bin der Ernstfall, aber das wussten die noch nicht.

»Nicht in dem Ton, Bübchen«, sagte ich.

Der Aufstachler machte vorsichtige Schritte in meine Nähe, traute sich aber nicht an dem Boss vorbei.

»Hast du das gehört? Der zeigen wir es!«

Ich hegte für einen Moment die Hoffnung, dass Boss ihm nahelegte, er solle es mir mal alleine zeigen. Aber ich wurde enttäuscht, in zweifacher Hinsicht. Boss schlug seine Jacke auf und zeigte mir, sehr cool, ein Holster, gefüllt mit einer Smith & Wesson 459.

Aufstachler grinste ein fieses, kleines Rattengrinsen und ließ mich den Griff eines kleinen Revolvers bewundern, der aus der Innentasche seiner Jacke ragte. Ich war ja so beeindruckt. Mitläufer verstand nach einer Weile, was gerade vor sich ging, und präsentierte schließlich ebenfalls ein Schießeisen, das er an einem Gürtelholster trug. Er stand etwas weiter weg, ich konnte nicht erkennen, was es war. Irgendeine Pistole.

Schade. Ich dachte, ich könnte ein paar Gramm abbauen, die die Marzipankartoffeln und Nougatpralinen zu Weihnachten auf meine Hüften geschaufelt hatten. Ein bisschen echte Bewegung nach den ganzen Scheingefechten beim Training hätte mir ganz gut getan. Obwohl ich diese Flaschen auf der Gegner-Skala nur ein kleines bisschen über den Sandsäcken einsortierte.

Aber gut, es hatte ärgerlich lange gedauert, bis ich wieder einigermaßen treffsicher geworden war, nachdem irgendein Idiot mir im letzten Oktober den rechten Ringfinger abgeschossen hatte. Obwohl ich ein paar Tausend Schuss auf dem Parcours hinter mir hatte, war ich noch nicht hundertprozentig fit. Wenn die erste echte Schießerei mit solchen Tröten ablief, war das als Test wenig spannend, aber dafür auch ein bisschen risikoärmer. Bei Anfängern muss man nur aufpassen, dass sie einen nicht mit etwas total Hirnverbranntem überraschen.

»Einen Moment, bitte!«, sagte ich und hob meine Hand zu einer bremsenden Geste. Die drei Pfeifen wussten nicht so recht, was sie machen sollten.

Weil ich sowieso gerade mein Telefon draußen hatte, konnte ich die Situation auch mit etwas Stimmungsmusik untermalen. Ich aktivierte den mp3-Player und wählte »L'Uomo Dell'Armonica« aus. Links neben mir stand ein Hockeytor. Ich legte das Smartphone auf dem Netz ab und gab ihm das Kommando: »Start!«

Die Mundharmonika flirrte durch die Halle. Die kannten das Lied, die kannten den Film und die guckten sich und mich blöd an, weil sie nicht schnallten, was das sollte.

Also schloss ich mich dem Club der aufgeschlagenen Jacken an und gab den Blick auf meinen 45er frei. Was bei der kleinen Rosi schon gewirkt hatte, funktionierte hier auch: Die Augen der drei Arschlöcher wurden ziemlich groß. Jetzt wussten sie, was das sollte. Jetzt mussten sie liefern.

»Ok, ihr Fotzen, dann zeigt mal, was ihr so drauf habt!«, sagte ich.

Die drei würden ihre Nerven verlieren, bevor die E-Gitarre einsetzte. Hundertprozentig.

Boss und Aufstachler standen auf der rechten Seite der Halle, rückten ein bisschen näher zusammen und machten es mir damit leichter, die Blödiane. Mitläufer bewegte sich nach links und zeigte mir damit, dass er sich wenigstens schon mal Gedanken gemacht hatte, was in so einer Situation zu tun wäre. Nämlich die Ziele breit zu verteilen, damit ich möglichst viel Zeit darauf verwende, meine Waffe zu schwenken.

Aber noch bevor Mitläufer seine Position erreicht hatte, wurde Aufstachler nervös, griff nach seinem Revolver und gab damit das Signal.

Mitläufer hatte tatsächlich geübt. Wahrscheinlich die alte Nummer vor dem Spiegel – »Sprichst du mit mir?«. Er zog seine Pistole ziemlich flott. Jetzt konnte ich sie erkennen, eine Walther P1. Ich wollte nicht abwarten, ob er damit auch das Schießen trainiert hatte.

Wenn man keine Angst hat, ist das Fluch und Segen zugleich: Einerseits muss ich mich nicht um das Unterdrücken von Fluchtreflexen kümmern, andererseits steigt mein Adrenalinpegel nicht an. Wenn mir andere Leute erzählen, dass sich die Zeit in der Gefahr verlangsamt, nicke ich immer höflich.

Aber ich habe keine Ahnung, was die meinen. Bei mir klappt das alles einfach so. Papa sagt, ich wäre ein Naturtalent und wirklich, wirklich schnell. Tja.

Meine Kugel traf Mitläufer ins rechte Auge (von mir aus gesehen). Eigentlich sollte sie zwei Zentimeter höher einschlagen, aber ich hatte wieder überkompensiert: Jahrelang war der Colt M1911 meine Lieblingswaffe, aber wegen des fehlenden Ringfingers konnte ich nicht mehr ganz so fest greifen und war auf eine Variante umgestiegen, den Lightweight Commander. Dessen Lauf ist etwas kürzer, dementsprechend kann man ihn leichter oben halten. Außerdem ist der Rahmen aus Alu-Guss, was das Gewicht weiter verringert. Ich hatte, wie der Rest der Welt, erst Bedenken, ob das Alu stabil genug ist. Aber nach ausgiebigen Tests war kein Riss zu sehen, also taugte die Legierung anscheinend.

Was das Überkompensieren angeht: Mit anderen Pistolen gab es selten Probleme, weil sich der Griff ganz anders anfühlt. Da weiß ich: Das ist kein 1911. Aber beim LC sagt meine Hand: Das ist ein 1911, und mein Hirn muss erst widersprechen. Deshalb hatte ich noch ein bisschen Streuung in der Höhe.

Boss traf ich in die Stirn, schon besser. Obwohl sich große Teile seines Gehirns dadurch in eine rotgraue Wolke verwandelt hatten, die kurz hinter seinem Kopf schwebte, bevor sie sich auf dem Hallenboden niederschlug, arbeitete er noch daran, den Lauf seiner 459 in meine Richtung zu schwenken. Solche Typen funktionieren hauptsächlich über ihr Reptilienhirn. Ich wunderte mich also nicht, sondern platzierte eine zweite Kugel in seinen Kopf, etwas tiefer. Als das aufgepilzte Geschoß aus seinem Nacken fetzte, hatte es die wichtigsten Leitungen gekappt. Boss klappte zusammen, tot oder Pflegefall.

Aufstachler zerrte schon eine ganze Weile an dem Griff seines Revolvers. Der Hahn hatte sich in ein paar Fäden des Innenfutters verfangen. Aufstachler wollte wohl keinen heftigen Ruck riskieren, vielleicht aus Sorge, sich in den Fuß zu schießen.

»Lass dir Zeit. Ich kann warten«, sagte ich, und genau danach setzte wie ein Tusch die E-Gitarre ein. Perfekt.

Meine Worte beruhigten ihn kein bisschen. Er wurde sogar noch hektischer und geriet vollends in Verzweiflung, als ich mich an das Hockeytor lehnte und fragte, ob ich ihm helfen solle. Irgendwann war es dann doch so weit, er hatte sein Spielzeug befreit. Ich weiß nicht, ob er nur zu doof war, aufzugeben, oder ob er sich nicht fragen lassen wollte, warum er als Einziger überlebt hatte. Ich überlegte, ob ich ihn mal schießen lassen sollte. Aber bei so kurzläufigen Dingern kann man immer schlecht einschätzen, wohin die Leute damit zielen. Ausweichen ist dann schwer. Bevor er also seinen Taschenkracher in meine Richtung halten konnte, schoss ich ihm in die Eier. Er ging zu Boden und krümmte sich. Damit hatte ich der Menschheit schon den Gefallen erwiesen, ihn aus dem Gen-Pool zu entfernen. Aber ich mag Maulhelden nicht sehr, und halbe Sachen noch weniger. Ich ging hin und nahm ihm seinen Revolver weg. Ein Smith & Wesson Model 36, Kaliber .38 Special. Sowas benutzt heute keiner mehr ohne Not. Aufstachler hatte zu viele Detektivserien aus den Siebzigern geguckt.

Ich drehte eine kleine Runde und verpasste Mitläufer und Boss noch je zwei Kopfschüsse mit Aufstachlers Spielzeug, dann kümmerte ich mich wieder um ihn. »Ich sollte einen Arzt rufen. Vielleicht kann man deinen Pimmel noch retten.«

»Ja, bitte!« Er war unter dem ganzen Gewimmer kaum zu verstehen.

»Vielleicht kann man auch noch ein paar andere Körperteile von dir wiederverwenden. Trinkst du viel Alkohol? Isst du gerne fettiges Zeug? Ich glaube, Lebern sind Mangelware. Wenn deine brauchbar ist, rettet die ja unter Umständen noch jemandem das Leben.«

Ich ließ die Bedeutung meiner Worte einsickern. Als ich sicher war, dass er den Witz verstanden hatte, zog ich mein Messer und schnitt ihm die Hals-schlagader auf. Ich hätte es ja schön gefunden, wenn das Blut im Takt der Musik aus der Arterie gespritzt wäre, aber so kooperativ war er nicht, obwohl mittlerweile schon der epische Chor eingesetzt hatte.

Immerhin hörte er mit dem Ende des Liedes auf zu zappeln.

Ich hatte die Playlist auf Zufall stehen, als nächstes kam der »Baby Elephant Walk«. Das passte ja mal gar nicht. Ich schaltete die Musik aus, steckte das Telefon ein und stiefelte wieder zurück zum »Heimathafen«.

Knurp, knurp, knurp.

Ausgerechnet der »Baby Elephant Walk«.

Bop bop, bup bup; bop bop, bup bup. Tüdelütüt tüdüt tütüdüüdüt. Bop bop, bup bup; bop bop, bup bup.

Kacke, das würde ich wieder tagelang im Kopf haben.

Wenige Minuten nachdem die junge Frau den »Heimathafen« verlassen hatte, sah Jeanette sie von rechts nach links am Fenster vorbei laufen. Noch ein paar Minuten später kam sie wieder durch die Tür, nickte mit dem Kopf zu einem Lied, dass sie sich selber tonlos vorsang. Sie setzte sich an den gleichen Tisch, an dem sie eben ihr Gulasch verdrückt hatte und bat um Nachschlag.

Jeanette konnte ihr nur Spaghetti aus dem Karton anbieten, aber die Frau schien davon ehrlich begeistert. Eine Viertelstunde später schleuderte sie Tomatensauce über Wangen, Kinn, Pulli und Tisch, weil sie jede einzelne Nudel durch die Lippen sog.

Eine Bewegung vor dem Fenster, von links nach rechts, Jeanette sah zu spät hin. Aber die Frau wechselte die Gabel in die linke Hand und rückte ihre Jacke ein wenig zurecht.

Zwei Männer betraten die Kneipe. Der erste war beinahe zwei Meter groß und hatte einen Brustkorb wie ein Bierfass. Sein Gesicht zeugte von einer wenig erfolgreichen Karriere im Boxsport und wurde unvorteilhaft zur Geltung gebracht von schulterlangen, dunklen Locken. Dem zweiten Mann, von normaler athletischer Statur, hatte niemand das Hirn aus dem Schädel geklopft; er konnte sprechen.

»Hallo, Frau Golzow. Wir haben gerade im

Spritzenhaus drei Tote gefunden, einer liegt in einer ziemlich großen Blutlache. Jemand ist durch diese Lache gelaufen, und die Spuren führen hierhin. Ich hatte eigentlich erwartet, einen von Montags Männern hier zu finden ...«

»Mein Papa sagt auch immer, ich hätte ziemlich große Füße für ein Mädchen.« Die Frau wischte sich das Kinn ab, schob den leeren Teller fort und rückte mit ihrem Stuhl ein wenig nach hinten. »Das war lecker!«, sagte sie zu Jeanette. Die Wirtin traute sich nicht, den Teller abzuräumen und zog sich noch weiter hinter ihren Tresen zurück.

»Du hast Milan, Lucas und Jan umgelegt?«, fragte der Mann. Seine Stirn legte sich in Falten, er strich über seinen rasierten Schädel.

»Die hätten nicht mein Motorrad demolieren sollen. Und dafür haben die noch Glück gehabt, ehrlich gesagt. Weil ich mir die TDM extra für diesen Trip billig gekauft habe, als Wegwerf-Moped sozusagen. Zuhause habe ich eine schöne alte XT500. Wenn ich mit der gekommen wäre, und die hätten mir da auch nur einen Kratzer rein gemacht, da wäre ich so richtig sauer geworden, glaube ich.«

Jeanette sah, dass der Mann in seine Jacke greifen wollte, aber die Frau hatte plötzlich eine Pistole in der Hand. Die musste sie gezogen haben, während Jeanette blinzelte.

»Hör mal, Meister Proper, hier sind noch vier Kugeln drin. Für dich reicht eine, für den Taschen-Hulk da genügen die restlichen drei. Wie ich das sehe, hast du jetzt drei Möglichkeiten. Die erste: Du lässt es drauf ankommen. Täte mir leid um so einen gutaussehenden Burschen wie dich. Zweitens: Ihr haut ab und lasst mich in Ruhe. Du darfst gerne heute Abend alleine wieder kommen, bewaffnet mit Primeln, Pralinen und Parisern. Oder: Du fragst mal deinen Boss, ob er nicht gerade Arbeit für mich hat. Ich stehe zur Verfügung.«

Der Mann grinste und setzte sich sehr langsam zu der Frau an den Tisch.

»Nummer Zwei finde ich natürlich ziemlich interessant, vor allem den zweiten Teil. Für Nummer drei hole ich jetzt mein Telefon raus, ok?«

»Zeitlupe.«

»Klar. Ich heiße übrigens Marek.«

»Schön für dich.«

Marek deutete mit dem Kinn auf die Waffe der Frau. »Ich wollte gerade nach der 45er Hülse fragen, die ich in der Halle gefunden habe, aber das hat sich ja erledigt. So was hat hier sonst keiner ... Nett. Nicht sehr damenhaft, aber nett.«

Er griff in seine Jackentasche und zog ein kleines Handy raus. Er klappte es auf, drückte eine Taste und hielt es an sein Ohr. Die Frau beobachtete ihn mit gelangweilter Aufmerksamkeit, ohne den Lauf der Pistole sinken zu lassen.

»Vojtech, ich habe unseren Mann. Du wirst es nicht glauben, es ist eine Blondine, Mitte zwanzig, und sie zielt gerade mit einer 45er auf mich. Die drei hätten ihr Motorrad beschädigt. Und jetzt fragt sie mich, ob du nicht einen Job für sie hättest.«

Marek vergrößerte den Abstand zwischen Ohr und Handy ein wenig, er hatte wohl die Reaktion geahnt: Aus dem kleinen Lautsprecher drang nach einer Sekunde des Zögerns lautes Lachen, sogar Jeanette konnte es hinter der Theke hören. Dann sprach der Mann am anderen Ende der Verbindung. Marek beschränkte sich auf »Ok« und »Ja«. Nach einer halben Minute sagte er: »Herr Puletka will deinen Namen wissen.«

»Kowalski.«

Marek gab den Namen weiter, noch ein paar Sekunden der Antwort, dann klappte er sein Telefon zu.

»Mein Chef möchte dich persönlich sprechen. Er ist sicher, dass er eine Stelle für dich hat.«

»Ok.« Kowalski steckte ihre Pistole ein, stand auf und zog ihre Jacke über. Sie legte Jeanette ein paar Geldscheine hin und folgte den beiden Männern nach draußen.

Vojtech Puletka hatte sein Büro im ehemaligen Lehrerzimmer bezogen. Es war fast komplett ausgeräumt, aber ich fühlte mich trotzdem ein bisschen in meine Schulzeit zurückversetzt. Er sah sogar beinahe aus wie mein Direktor damals: ziemlich klein, dafür recht breit, mit traurigen, dunklen Schweinsaugen. Puletka hatte die Haare kurz geschoren, man konnte von vorne schon die Nackenfalten ahnen. Mein Direx hatte zwar eher zu der Sorte ›oben dünn, hinten lang‹ gehört, aber wenn Puletka mir zu verstehen gegeben hätte, dass es falsch war, Marc-Oliver aus der 9b die Arme zu brechen, nur weil der mir Kaugummi in die Haare geschmiert hatte, wäre der Flashback perfekt gewesen. Inklusive ergänzendem Personal: Damals waren es mein Klassenlehrer und der Sportlehrer, die sich links und rechts vom Direx aufgebaut hatten, auf dass ich unter der Last ihrer vorwurfsvollen Blicke zusammenbreche; heute standen Marek und ein nervöser Typ dabei, den man mir nicht vorgestellt hatte, dünn, unrasiert und Nickelbrille.

Puletka musterte mich, ohne ein Wort zu sagen. Vielleicht wollte er ein Schweige-Duell. War mir egal.

»Tja, tut mir leid, dass ich Ihre Leute umgebracht habe. Nein, eigentlich nicht. Die hätten nicht mein Moped demolieren sollen. Und als ich sie deswegen zur Rede gestellt habe, sind die unhöflich geworden. Ich hätte mich ja darauf beschränkt, ein paar Ohrfeigen zu verteilen, aber nein, die Herren wollten unbedingt ... Was soll's, Sie wissen ja, was passiert ist. Ich habe gehört, ihr seid mit einer Familie namens Montag im Clinch? Ist das hier so wie im Chicago der Dreißiger? Nur in kleinerem Maßstab? Habt ihr Maschinenpistolen? Und habt ihr schon Pläne für den Valentinstag? Ist kein Monat mehr bis dahin, oder? Es gibt da übrigens einen Film zum Thema, von 1967 ... glaube ich jedenfalls, kann auch '66 gewesen sein. In dem spielt der junge Jack Ni-«

»Was ist mit deinem Finger?«, fragte Puletka.

»Ich wollte meinem Ex-Mann den Ehering vor die Füße werfen und habe wohl ein bisschen zu heftig gezogen.«

»Marek, kann die nur Scheiße labern, oder hat sie wirklich was drauf?« Puletka war aus irgendeinem Grund etwas ungehalten.

»Ich hab noch nie gesehen, dass jemand eine Pistole so schnell gezogen hat. Ihr Colt riecht nach Schießpulver. Das Kaliber der Hülse passt zu dem Colt. Ich weiß nicht, ob sie wirklich Kowalski heißt. Aber ich glaube, sie hat schon was drauf.«

Puletka setzte diesen Blick auf, den ich nur zu gut kenne: Jeder denkt, die Kowalskis seien kaltäugige, schweigsame Typen mit eckigem Kinn. Ich passe nicht in das Schema.

»Mit Jan hast du dir noch einen kleinen Spaß gegönnt ... warum?« fragte er. Ich zuckte nur mit den Schultern.

»Man sagt, die Kowalskis wären letztes Jahr an einen Haufen Geld gekommen? Ihr hättet Euch zur Ruhe gesetzt?«

»Mein Chef. Und ein paar andere. Bin ich zu jung für. Ich hab den Laden übernommen, ist jetzt eine Ich-AG. Sie wissen doch, als junge Frau will man noch Karriere machen, sich destruktiv selbst verwirklichen. Bevor man sich dann doch von irgendeinem Idioten einen Braten in die Röhre schieben lässt.«

Er betrachtete mich wieder schweigend aus seinen zusammengekniffenen Schweinsaugen, dann zwängte er seine riesige Hand in die Tasche einer halblangen Lederjacke, die über seinem Bürostuhl hing. Er zog eine Schachtel Zigaretten raus, zündete sich eine an und fragte: »Wie viel?«

»Tausender am Tag, im Voraus. Bei Spezialaufgaben mehr, das verhandeln wir dann von Fall zu Fall«, antwortete ich. Marek gingen die Augenbrauen hoch, der Dünne blies etwas Luft durch die Lippen. Beide trauten sich nicht, ihre Meinung deutlicher darzustellen – könnte ja sein, dass sie sich bei ihrem Chef dann unbeliebt machen würden. Der hatte sich nämlich schon entschieden, auch wenn er noch ein kleines Tänzchen machte, um den Anschein des harten Verhandlers zu wahren.

»Ziemlich viel.«

»Bin ich wert. Frag mal Milan, Lucas und Jan.«

Puletka ging an den alten Küchenschrank, außer Schreibtisch und Stuhl das einzige Möbel im Raum. Er holte eine Geldkassette hinter einer der

Vitrinentüren hervor, zählte ein paar Scheine ab und hielt sie mir hin.

»Hier: Fünfhundert. Immerhin ist der halbe Tag schon vorbei. Ab morgen dann die Tausend. Einverstanden?«

»Ja.«

»Gut. Ich erwarte aber sofortige Verfügbarkeit. Kann sein, dass es in ein paar Tagen schon losgeht. Montag ist mir lange genug auf den Sack gegangen. Entweder wir einigen uns, oder ich ramme ihm seinen Chromdildo in den Arsch. Dabei kannst du uns helfen. Du schläfst hier. Marek zeigt dir dein Zimmer. Später, beim Essen, kannst du die anderen kennenlernen. Hast du Hunger? Meine Frau kocht für die ganze Truppe.«

»Ich hab immer Hunger.«

Puletka lachte und machte eine Bemerkung auf Tschechisch, die Marek und den anderen zum Schmunzeln brachte. Ich finde es ziemlich unhöflich, die Sprache zu wechseln, um jemanden von einem Witz auszuschließen. Aber ich sagte nichts, sondern lächelte mit. ›Chromdildo‹ hörte sich interessant an.

Nachdem Marek und die Frau sein Büro verlassen hatte, ließ der dünne Mann sich in den Stuhl fallen, in dem die Blondine eben gesessen hatte. Vojtech Puletka fragte ihn: »Was meinst du?«

»Ich traue ihr nicht weiter, als ich spucken kann.«

»Du traust niemandem. Das macht dich ja zu so einem guten Ratgeber.«

»Was hat es mit den Kowalskis auf sich? Ist das eine Familie von Killern, oder was?«

»Nein, nicht ganz. Ich kenne da auch nur ein paar

Geschichten, aber es war wohl eine kleine Truppe von Söldnern, die unter diesem Namen aufgetreten sind. Angeblich haben sie drei Viertel aller Attentate zu verantworten, die in den letzten fünfzig Jahren Erfolg hatten.«

»Und die soll zu denen gehören?«

»Erinnerst du dich an die Amateurvideos von der Schießerei auf dem Parkplatz in Berlin, letzten Herbst? Einer der überlebenden Schützen war angeblich eine Blondine, Mitte zwanzig ... Und hast du mal von Victor Ferenczy gehört?«

»Der ›Boss von Budapest‹?«

»Genau der. Seine Leute haben gesagt, er wäre erschossen worden, von drei Mitgliedern der ... ich weiß nicht mehr, wie die hießen, irgendeine Konkurrenz-Gang, egal. Jedenfalls hat man ihn ermordet. Es gibt aber Gerüchte von einer anderen Version, nämlich, dass er sich eine sehr junge Nutte für die Nacht geholt hat. Am nächsten Morgen war die Nutte verschwunden und Ferenczy tot. Der Name Kowalski taucht in diesen Gerüchten auf.«

»Das war vor über zehn Jahren, eher vor fünfzehn! Du willst doch nicht sagen, dass ...«

»Sie wäre zu der Zeit zwölf oder dreizehn gewesen. Die Beschreibung, die ich damals gehört habe, passt.«

»Hm. Gut, gut. Und, was machen wir mit ihr?«

»Erst mal sehen wir zu, dass wir sie nicht gegen uns haben. Das kostet uns vielleicht ein bisschen Stolz und Geld, aber es kann nicht schaden.«

Vojtechs Gegenüber nickte, ohne eine Miene zu verziehen. Aber innerlich grinste er. Vielleicht war das die Gelegenheit, auf die er so lange gewartet hatte.

Marek führte mich durch die Schule, die innen nicht besser aussah als außen. Am Ende eines langen Flures deutete er auf eine Tür und sagte: »Die drei Bewohner von dem hier sind plötzlich verstorben. Kannst du nehmen.«

Das sah gut aus: ein schönes, großes Klassenzimmer. Drei Betten standen darin. Falls irgendwer mir dumm kommen wollte, hätte ich reichlich Platz für Ausweichmanöver.

»Und jetzt?« fragte Marek. Er lehnte im Türrahmen, grinste und deutete mit dem Kinn zu den Betten.

»Und jetzt: Nix!«, sagte ich. »Wir sind jetzt Arbeitskollegen, und ich habe immer sehr sorgfältig darauf geachtet, dass es zwischen meinen Kollegen und meinen Fuckbuddies keine Überschneidungen gibt. Bringt nur Ärger. Also hau ab.«

Er war frustriert, aber er hatte sich im Griff und verschwand ohne Kommentar.

Zwei Stunden später begleitete er mich zum Speisesaal. Vojtechs ganze Mannschaft war versammelt. Ziemlich unvorsichtig. Außer Marek und dem dünnen Nickelbrillenträger, der mir nun als Vojtechs Schwager Zdenko vorgestellt wurde, gab es noch vierzehn weitere Männer, einer davon der langhaarige Riese, der Marek in den »Heimathafen« begleitet hatte. Lolek, der wegen der Reichweite seiner Fäuste keine Angst haben musste, dass jemand nahe genug an ihn heran kam, um an seiner Lockenpracht zu ziehen. Vojtech stellte mich jedem seiner Männer vor und erzählte Anekdoten, wie sie sich kennen gelernt hatten oder warum dieser oder jener besonders wertvoll oder gefährlich war.

Alles breite Muskelpakete mit kurzgeschorenen Haaren, alle mit solchen Busfahrerjacken wie ihr Chef sie trug. Alle austauschbar, alles Amateure. Ich behielt nicht einen einzigen Namen und sortierte sie als Mausgesicht, Schnapsnase, Fleischmütze, Nasenhaarbart und so weiter in mein Gedächtnis. Kleine Schläger ohne Grips, die sich wichtig vorkamen, weil sie eine Knarre hatten. Auf einer Skala von Null bis Craig kam keiner von denen über einen halben Lazenby hinaus.

Dann watschelte eine quaderförmige Matrone in den Raum, bewaffnet mit einem Riesentopf, und gefolgt von einem dürren Mädchen, das sich mit einem noch größeren Topf abmühte.

Ein großer, bleicher Junge mit langen, schwarzen Haaren schlurfte hinterher. Er trug ein T-Shirt mit dem Schriftzug einer Band, die dekorative Blitze, Knochen und Totenköpfe offenbar für wichtiger hielt als Lesbarkeit. Aber Metal war an dem Bübchen nur seine Akne. Das musste Jaromil sein. Er und Rosi? Wäre ich von alleine nicht drauf gekommen.

Der weibliche Würfel brüllte ein Kommando. Die Männer und das Bübchen verteilten sich um den Tisch, ich suchte mir auch einen Platz.

Ich fragte meinen Tischnachbarn, ob das Vojtechs Frau sei. Ja, antwortete er leise und in schlechtem Deutsch, Vojtechs zweite. Die erste, Zdenkos Schwester, sei gestorben, kurz nachdem sie Jaromil geboren hätte. Von Jaromils Statur ausgehend vermutete ich, dass seine leibliche Mutter wohl unter Vojtech irgendwann zerquetscht worden war und der sich dann was Stabileres gesucht hatte.

Und das Mädchen? Das sei die Tochter von

Zdenko, ihr Name wäre Marketa.

Marketa hatte den Topf auf den Tisch gehievt und schöpfte daraus Suppe auf die Teller, die man ihr reichte. Ich bin nicht unbedingt das, was man einfühlsam nennt, aber selbst ich merkte, dass sie dauernd zu Jaromil sah. Als ich mal zu ihm schaute, feuerte sie einen Blick auf mich ab, der eine beeindruckende Portion Hass enthielt.

Einige der Typen spielten mit ihren Smartphones; ein Mangel an Tischmanieren, der mir sehr gelegen kam. Ich holte meins auch raus und startete das Programm, das von allen Geräten in Bluetooth-Reichweite sämtliche Daten saugte. Feine Sache. Obwohl wahrscheinlich alles in Tschechisch war.

Dann reichte ich meinen Teller an Mama Puletka weiter, mit der Bitte um Nachschlag. Sie sagte zu mir: »Gerne, ein dünnes Mädchen wie du muss viel essen!« und zu ihrem Mann ein paar tschechische Worte.

Leider kann ich kein tschechisch sprechen. Aber verstehen tue ich eine ganze Menge, in vielen Sprachen. Zumindest das meiste dessen, was irgendwie mit Mord und Totschlag zu tun hat. Sehr nützlich in meinem Beruf. Die Verwünschungen und Obszönitäten schnappe ich mehr hobbymäßig auf.

»Warum töten wir die Schlampe nicht sofort?« war meine sinngemäße Übersetzung von dem, was die Alte gesagt hatte. Eventuell hatte sie auch geklagt, dass ihr Luftkissenfahrzeug voller Aale sei, aber das hielt ich für unwahrscheinlich.

Vojtech antwortete, dass beim Versuch, mich zu töten, vielleicht ein paar seiner Männer draufgehen würden, das könne er gerade jetzt nicht riskieren, und dass ich zu gefährlich wäre, als dass man mich für die Montags arbeiten lassen könne. Wenn die große Sache vorbei wäre, würde man weitersehen.

Ein paar seiner Männer grinsten mich an. Einer sagte etwas über meinen Hintern, was ich nicht ganz verstand. Aber ich konnte mir ungefähr denken, worum es ging. Marek zischte sie an. Er war vielleicht der einzige im Raum, der mich nicht unterschätzte.

»Guck: Bist du das?« Mein Tischnachbar hielt mir sein Smartphone hin, auf dem Display spreizte eine nackte Blondine die Beine. Die sah mir tatsächlich ein bisschen ähnlich, außer dass sie sehr lange Haare hatte und nicht ganz so viele Leberflecke. Und natürlich weniger Narben und die übliche Anzahl Finger und Zehen.

Ich startete auf meinem Telefon eine Bildersuche nach »Mikropenis« und zeigte ihm eins der Resultate. »Guck: Bist du das?«

Fand er nicht lustig.

Er wollte sich aufregen, aber Marek rief seinen Namen und »Anton« damit zur Ordnung.

Ich stand auf. »Ich geh wohl besser. Ist hier ein bisschen testosteronhaltig. Das geht selten gut, wenn keine Intelligenz dabei ist. Hier sind die fünfhundert. War nett mit euch. Wenn ihr mich für einen Job braucht: Ich bin noch ein paar Tage im ›Heimathafen‹. Kann ich noch was von der Suppe mitnehmen? Die ist echt lecker! Wie heißt die denn? Eigentlich bin ich nicht so ein Suppenfan, aber …«

Zdenko konnte sich nicht mehr beherrschen: »Du kannst nicht einfach abhauen! Wer für uns arbeitet …«

»Eure Allgemeinen Geschäftsbedingungen interessieren mich nicht. Da liegt das Geld. Ich arbeite nicht für euch. Tschüss.«

»Meinst du, du würdest hier lebend rauskommen, wenn wir das nicht wollen?« Vojtech blieb ruhig. Wahrscheinlich wollte er mich mit Erhabenheit beeindrucken. Oder seine Männer.

»Nein, vielleicht nicht.«

Sonst musste ich nichts sagen. Ich würde zuerst die töten, die mir am gefährlichsten schienen, aber das wusste Vojtech nicht. Er rechnete damit, dass ich der Wichtigkeit nach sortierte, und dass ihn meine erste Kugel träfe.

Die anderen Schwachköpfe hatten ihre Schlürfgeräusche abgestellt, ihre Hände bewegten sich langsam in Richtung ihrer Knarren. Ich stellte mich hinter meinen porno-kompetenten Gesprächspartner; er war ziemlich breit gebaut und damit eine gute Deckung. Bis die von gegenüber sich entschließen würden, durch ihren Kumpel zu schießen, hätte ich die fünf oder sechs Typen links und rechts von ihm erledigt, die mich direkt treffen konnten. Das wäre ein guter Start. Dann vielleicht unter den Tisch, nachladen, hinter einem anderen Muskelprotz wieder auftauchen, und danach: Mal sehen.

»Ok. Wir wollen uns beim Essen nicht streiten. Hau ab, aber lass deine Telefonnummer da. Marek, begleite sie zur Tür. Marketa, mach noch eine Portion für unseren Gast fertig. Das ist übrigens Kapustnica, eine Sauerkrautsuppe.«

In der Küche füllte Marketa eine Tupperdose. Ich nahm sie ihr ab, berührte dabei sehr lange ihre Hand und ließ meine Finger in dem weiten Ärmel ihrer Bluse über die Innenseite des Unterarms gleiten. Ziemlich viel verschorftes Gewebe. Merkwürdig, aber egal. »Echt besser als Würstchen. Ich sehe mich

38

schon die Dose auslecken.«

Ziemlich dick aufgetragen, aber jungen Menschen kann man nicht mit Subtilitäten kommen. Marketa verstand, ihre Hand zuckte zurück, ihr Gesicht nahm eine sehenswerte Mischung aus Überraschung und Ekel an. Sie strich mich von der Liste potenzieller Konkurrentinnen um Jaromil und flüchtete.

Marek hatte nichts mitbekommen und begleitete mich zum Ausgang, nicht ohne zu bedauern, dass er mich verabschieden müsse. Vor der Tür drehte ich mich zu ihm um. »Wir sind jetzt keine Arbeitskollegen mehr. Komm heute Abend zum ›Heimathafen‹, Punkt neun Uhr. Chrysanthemen, Konfekt und Kondome.«

Ich ließ ihn stehen. Knurp, knurp, knurp.

Jeanette stellte fest, dass ihr Gast, die Frau namens Kowalski, offenbar keine Nahrung aufnehmen konnte, ohne Geräusche zu machen. Sie hatte sich für ihren Apfelsaft einen Strohhalm geben lassen, nun saß sie am Tisch, den Halm zwischen den Lippen und wechselte zwischen Saugen und Pusten. Unter lautem Schlürfen und Blubbern huschten ihre Finger über das Display ihres Smartphones.

Kowalski betrachtete die Daten, die ihr Gerät bei den Puletkas gesammelt hatte und versuchte, aus diesem Wust Rückschlüsse auf die Besitzer der Telefone und ihre Beziehungen untereinander zu ziehen.

Teilweise war es sehr einfach: Die Browserhistorie eines Apparates führte zu einer Porno-Site, speziell zu der Galerie einer langhaarigen Blondine. Das Telefon von Kowalskis Tischnachbar.

Ein anderes enthielt einen Haufen Bilder von Jaromil, heimlich fotografiert. Außer Marketa hätte daran wohl niemand Interesse.

Ein Haufen SMS an Rosi Montag: Jaromil.

Marek hatte in ihrer Gegenwart telefoniert, mit einem einfachen Klapphandy. Er war schlau genug, keine Nummern zu speichern, aber seine Anruflisten, inklusive Gesprächszeitpunkt, hatte er nicht deaktiviert.

Und damit kam sie an Vojtechs Nummer. Vojtech besaß zwar ein Smartphone, aber er nutzte es nur zum Telefonieren und SMS-Schreiben. Die meisten seiner Anrufe verteilten sich auf drei Nummern. Eine war die von Marek, bei den anderen beiden ging Kowalski davon aus, dass sie Zdenko und Vojtechs Frau gehörten.

Vojtech, Zdenko und Marek erwähnten in ihren SMS häufig das morgige Datum; Vojtech auch in Botschaften an eine Nummer, die nicht zu einem seiner Männer gehörte. Irgendwas Wichtiges würde dann offensichtlich passieren.

Das Durchforsten der anderen Daten offenbarte keine großen Geheimnisse mehr und Kowalski wollte schon abbrechen, als ihr Blick auf Rosis Nummer fiel. Aber nicht von Jaromils Telefon gewählt. Und halt, es war auch nicht Rosis Nummer. Nur die letzten sechs Ziffern stimmten überein. 666824. Kowalski rief das Nummernfeld ihres Telefons auf, aber dort waren die virtuellen Tasten nur mit Zahlen versehen. Sie musste eine Internetsuche starten, um ein Nummernfeld zu finden, dem auch Buchstaben zugeordnet waren. Die 6 stand für M, N, und O; die 8 für T, U und V … Montag. Rosi hatte eine Sieben vor den drei Sechsen, die andere

Nummer eine Acht. Acht wie T, T wie Thomas. Kowalski schüttelte in stummer Missbilligung den Kopf.

An der ersten Türe zum »Heimathafen« wurde gerüttelt, ein paar Sekunden später betrat ein Mann im Trainingsanzug die Wirtschaft.

»Ziehen, nicht drücken. Steht über der Klinke, Sportsfreund.«

Kowalski prostete dem Mann zu und nahm einen weiteren Schluck Apfelsaft.

»Herr Montag will dich sehen.«

»Und ich fühle mich geehrt, dass er mir die Zierde seiner Truppe schickt.«

Ich folgte meinem schmierigen Führer in einen großen Kellerraum des Rathauses. An der linken Wand stapelten sich Reste von Regalen auf den Aktenordnern, die einst in ihnen gestanden hatten. Rechts gruppierten sich ein Sofa und ein paar Sessel unterschiedlicher Stile um einen kleinen Glastisch, der mit übervollen Aschenbechern dekoriert war. Fünf Typen hingen in den Sitzmöbeln, drei von ihnen mit Kippen im Mund, einer mit Bierflasche am Hals. Alle trugen Gehörschutz.

Ein sechster Mann stand in der Mitte des Raumes und schoss mit einer silbrig glänzenden Desert Eagle auf eine Zielscheibe mit Bedrohungssilhouette an der gegenüberliegenden Wand. Der Chromdildo. Nicht schlecht, Vojtech, das traf es ziemlich gut. Das Magazin war leer, der Mann drehte sich um. Dunkler Teint, lange Sauerkrautlocken, eine Jacke, die aussah, wie ein recycelter Bettvorleger und eine von diesen bescheuerten Lederhosen, die man an der Seite über

41

die ganze Höhe schnüren konnte, damit die Kackstelzen auch bloß richtig sexy zur Geltung kamen. Insgesamt wirkte er wie jemand, der sich nicht zwischen Soft-Rocker und UFO-Sekten-Führer entscheiden konnte.

»Ah, hallo, ich bin der Thomas. Du musst Kowalski sein!«

»Ja.«

»Hast du auch einen Vornamen?«

»Ja, meistens. Schicke Knarre. Kaliber .50 Action Express?«

»Wenn schon, denn schon, oder?«

»Auf jeden Fall! Ist das noch die von IMI oder schon eine Magnum Research? Israel Military Industries hatte 1993 Schwierigkeiten, genug von den Dingern herzustellen, da haben sie eine Lizenz in die USA gegeben. Meiner Meinung nach ist die dort so populär geworden, weil man die so oft in Action-Filmen sieht. Aber bei allem Popanz ist das eigentlich keine schlechte Knarre: Single Action, Browning-Verschluss …«

Montag und seine Typen sahen mich skeptisch an. Normalerweise hätte ich noch ein paar ballistische Details referiert und die Fünfziger Patrone in einer theoretischen Betrachtung mit meiner Fünfund-vierziger verglichen, unter besonderer Berück-sichtigung der Mannstoppwirkung. Immerhin war die Fünfziger mit 12,7 Millimetern im Durchmesser noch über einen Millimeter größer.

Aber ich hatte gute Laune und wollte die armen Kerle nicht übermäßig strapazieren, ich brauchte ihr bisschen Grips noch. »Tut mir leid, als ich zuhause weggefahren bin, habe ich wohl vergessen, den Nerd auszuschalten.«

Montag lächelte. »Willst du mal ein paar Schüsse versuchen?«

»Gerne. Keine Angst? Ich komme immerhin gerade von den Puletkas. Könnte ja sein, dass ich von denen einen Auftrag habe. Aber nein, ein Vögelchen hat dir gezwitschert, dass die und ich getrennte Wege gehen, stimmt's? Übrigens fällt mir gerade auf, dass diese Redewendung im Zeitalter von Twitter irgendwie nicht mehr so ganz hinhaut. Ich meine, wenn ich sage, dass ein Vögelchen dir was gezwitschert hätte, könntest du denken, ich denke, dass du das auf Twitter gelesen hättest. Aber so ist das ja nicht. Was ist? War das jetzt irgendwie missverständlich?«

»Woher weißt du das?«

»Was? Das mit dem Vögelchen? Ist doch logisch: Wenn dir niemand Entwarnung gegeben hätte, wäre ich nicht eingeladen worden. Im Gegenteil, ihr hättet euch verschanzt. Und euch gefragt, ob ich es wirklich wert bin, dass ihr euch in die Hose macht.«

»Und?«

»Bin ich.«

Ich nahm seine Desert Eagle und gab einen sorgfältig gezielten Schuss auf die Scheibe ab. Jemand hatte ein verstellbares Visier nachgerüstet, es aber nicht korrekt justiert: Die Kugel schlug sechs Zentimeter rechts und drei Zentimeter oberhalb der Stelle ein, wo sie das hätte tun sollen. Auf die geschätzten sieben Meter Distanz war das nicht viel, aber immerhin. Ich zielte entsprechend etwas links und tiefer, und feuerte noch einmal. Der saß. Noch ein paar Schüsse genau zwischen die Augen, der gezeichnete Angreifer war tot. Schade, dass es keine Zielscheiben gibt, auf denen bei Treffern eine

Animation ausgelöst wird, wie die Leute dann tatsächlich sterben. Oder wenigstens umfallen. Muss ja nicht blutrünstig sein. Aber wenn der Typ noch die gleiche Pose hat, nur mit zerfetzter Stirn, ist es doch irgendwie unbefriedigend. Klar, es gibt Bildschirme, auf die man dann ein Lichtsignal abfeuert. Aber wer sowas macht, fickt auch Kerle, die noch ihre Unterhose tragen.

»Ja, nett. Aber wäre mir ein bisschen zu schwer. Was hat die? Zwei Kilo leer, glaube ich? Die könnte ich nicht schnell genug schwenken.« Die kann kaum jemand schnell genug schwenken. Die Desert Eagle ist super, wenn man Schwachköpfe beeindrucken will. Aber zum Schießen, vor allem in Gefechts-situationen, auf sich bewegende Ziele, taugt die nicht viel. Mein Lightweight Commander wiegt gerade mal 760 Gramm, und die Löcher, die er macht, sind auch nicht viel kleiner. Aber das behielt ich für mich, und ich wies Montag auch nicht auf sein schlecht justiertes Visier hin.

»So sind die Geschmäcker halt verschieden«, sagte Montag und grinste etwas überheblich. Ich war ja nur ein kleines Mädchen, das mit einer echten Männer-pistole natürlich nicht zurechtkommen konnte. Sollte er ruhig denken.

»Genau. Wusstest du übrigens, dass Puletka für morgen einen großen Deal plant?« Ich tat ganz harmlos, hob eine der Hülsen auf und betrachtete deren Boden. »Guck mal, der Bolzen trifft gar nicht genau auf die Mitte des Zündplättchens.«

»Interessiert mich jetzt nicht. Um was geht es bei diesem großen Deal?«

»Weiß ich auch noch nicht. Aber wenn du willst, kann ich das rausfinden. Nicht umsonst, logisch.«

»Logisch. Wie viel?«

»Ich würde mal sagen, ein Tausender sollte drin sein. Die mögen mich nicht so besonders, und wenn ich bei denen spionieren soll, gehe ich ein gewisses Risiko ein. Fünfhundert im Voraus.«

»Ziemlich viel.«

»Ich gebe dir mal einen Gedanken mit auf den Weg, der dir zeigen soll, dass ihr nicht nur in der Abteilung Gewalt Verstärkung braucht, sondern auch in der Abteilung Gehirn: Zdenko hat dir das mit dem dicken Ding deshalb nicht gesagt, weil er nicht will, dass du es verhinderst oder dir unter den Nagel reißt. Warum will er das nicht? Weil dieses Was-auch-immer ihm in die Hände fallen soll, wenn du Vojtech fertig gemacht hast.«

»... und Vojtech kann ich nicht ohne Verluste fertig machen, also hätte Zdenko leichtes Spiel mit mir!«

»So stelle ich mir das vor.«

»Woher weißt du, dass Zdenko mein Spitzel ist?«

»Du hast es gerade zugegeben. Und eigentlich kommt niemand anders in Frage; wäre dein Mann in Vojtechs unteren Rängen, gäbe es keinen Grund, dir irgendwelche Informationen zu verschweigen. Und ganz still ist er ja nicht, von mir hat er ja auch erzählt. Was hat er übrigens genau von mir erzählt? Ich will ja nicht, dass mein Ruf sich noch verschlechtert. Ich meine, ›die zweitgefährlichste Frau Europas‹ ist ja nicht sehr schmeichelhaft und mir liegt einiges daran, dass man auch mal meine sensible Natur würdigt. Aber das ist halt nicht leicht, die Leute wollen ja nicht aufhören zu bluten und zu schreien, und können sich irgendwie nicht auf meine Gedichte ...«

»Wer ist die gefährlichste Frau Europas?«

»Die kennst du nicht. Und die willst du auch nicht kennen, kannst du mir glauben. Vor allem: Die ist nicht hier. Du musst mit mir vorlieb nehmen. Was ist jetzt mit dem Geld?« Meine nicht ganz so saubere Beweisführung in Sachen Zdenko versank unter den anderen Informationshäppchen, die Montag jetzt verarbeiten musste. Dass ich die Telefone der Puletkas angezapft hatte, musste er nicht wissen. Er hätte sonst drauf kommen können, dass gerade das Gleiche mit seinem Apparat passierte.

»Hier. Fünfhundert. Nochmal fünfhundert, wenn du mir sagen kannst, was Vojtech plant.«

»Ok. Ich melde mich. Ich finde den Ausgang alleine, danke.«

»War das wieder eine von deinen Nutten?« Anke Montag kippte den Wodka aus der Flasche in ein ehemaliges Senfglas, von da aus in den Hals. Thomas fragte sich, warum sie überhaupt noch ein Glas benutzte. Aber direkt aus der Flasche zu trinken hätte Anke als ›unfein‹ empfunden. Egal, seine Laune war heute zu gut, um zu streiten. Weder mit Anke, noch mit Rosi. Falls er seine Tochter überhaupt zu sehen bekäme.

»Nein, das war keine Nutte. Du wirst es nicht glauben, aber das ist eine Söldnerin. Sie hat vor zwei Stunden drei von Vojtechs Leuten umgelegt. Dann ist sie zu ihm gegangen und hat nach einem Job gefragt.«

»Klingt nicht sehr schlau. Was wollte die dann hier?«

»Bei den Puletkas hat es ihr nicht gefallen, sie hat jetzt uns ihre Dienste angeboten.«

»Und?«

»Sie ist ziemlich teuer.«

»Hört sich doch nach Nutte an.«

Thomas schmunzelte. Da war keine große Liebe mehr zwischen ihm und Anke, aber dann und wann mochte er sie noch ganz gerne. Gelegentlich blitzte noch ein bisschen Humor aus dem Wrack, in das seine Gattin sich verwandelt hatte.

»Sie ist ziemlich clever, weißt du. Sie ist keinen halben Tag hier und hat schon meinen Informanten bei Vojtech enttarnt. Außerdem weiß sie, das Vojtech ein großes Ding plant.«

»Was denn?«

»Das wird sie noch für mich herausfinden.«

»Ich weiß nicht. Für mich hört sich das so an, als ob die ein bisschen zu clever wäre. Pass bloß auf.«

»Ja. Aber ich glaube, sie ist demjenigen gegenüber loyal, der sie bezahlt. Sie hat Vojtech seinen Vorschuss vor die Füße geworfen, also bin ich gerade der Auftraggeber.«

»Trotzdem …«

»Ich glaube, das Mädchen wird mir noch sehr nützlich sein. Wir haben uns lange genug von Vojtech fern gehalten, weil er zu viele Männer hat. Aber mit der sieht das ganz anders aus. Wir könnten endlich mit den verdammten Tschechen Schluss machen. Die haben hier sowieso nichts zu suchen. Seit fast zehn Jahren blockieren die jetzt schon meine Pläne. Wie soll man so expandieren? Wir könnten schon die ganze Gegend unter Kontrolle haben. Schon über Dresden nachdenken!«

Dresden. Anke seufzte. Auch nicht der Nabel der Welt. Aber tausendmal besser als das Kaff, in dem sie jetzt gefangen war, gekettet an den Aufschneider,

der sie mit wilden Versprechungen reingelegt hatte. In Dresden konnte sie sich mal einen Neuen suchen. Sie sah immer noch gut aus. Sie füllte ihr Glas wieder auf.

»Ich würde ihr trotzdem nicht trauen.«

Thomas Montag sah erneut schweigend zu, während seine Frau den Wodka wegsoff wie Wasser. Als ob Anke sich ein Urteil über Kowalski erlauben dürfte. Kowalski hatte ihren Verstand noch nicht in Alkohol ertränkt. Und sie sah nicht so scheiße aus wie Anke mittlerweile. Thomas kam zu der Überzeugung, dass das Aufräumen mit Puletka eine gute Gelegenheit darstellte, sein Privatleben gleich mit zu renovieren. Für seine Gattin würde darin unter Umständen kein Platz mehr sein.

»Was machst du da?«

Jeanette zuckte zusammen. Kowalski war völlig lautlos in die Dachkammer gekommen, wegen der alten Holztreppen und Dielenböden eigentlich unmöglich.

»Sterne gucken.«

»Du hast Angst vor mir, oder?«

»Ja. Wundert Dich das?«

»Nein. Aber ich wollte dich nicht erschrecken. Ich kann nicht anders als leise sein. Ich bin eben eher der ruhige Typ, weißt du. Obwohl mein Papa immer sagt, wenn ich mal länger als fünf Minuten die Klappe halten könnte, würde ich wahrscheinlich aufhören zu existieren. So wie der Baum, der beim Fallen kein Geräusch macht, wenn niemand in der Nähe ist. Oder solche Zen-Kacke. Guckst du dir wirklich die Sterne an, oder ist das nur Tarnung, dass das Teleskop nach oben zielt? Spannst du sonst in die Badezimmer der heißen Typen?«

»Hier gibt's keine heißen Typen mehr.«

»Och, geht so. Gleich kommt Marek, der ist doch ganz passabel. Da fällt mir ein: Du schmeißt mich nicht raus, von wegen: ›Keine Herrenbesuche‹, oder so?«

»Wenn ich meine moralischen Probleme sortieren müsste, wäre das ziemlich weit unten. Du wirst ihn aber nicht umbringen?«

»Du kommst ja auf Sachen! Natürlich nicht! Schon gar nicht hier! Es sei denn, er will mich töten. Dann sollte ich ihm wohl besser zuvorkommen. Könnte ja sein, dass er das versucht. Glaube ich aber nicht. Zumindest nicht vor dem Ficken.«

Jeanette zündete sich eine Zigarette an, Kowalski sah durch das Fernrohr.

»Mein Gott, es ist voller Sterne!« Sie zuckte in gespieltem Erschrecken zurück, dann grinste sie Jeanette an. »Das sagt Bowman im Film gar nicht, nur im Buch.«

»Ich weiß. Warum bist du rauf gekommen? Was willst du von mir?«

»Nichts Bestimmtes. Ein bisschen quatschen. Ich hatte heute nur mit Kerlen zu tun, die mir zeigen wollten, wie hart sie sind. Das ist echt langweilig. Interessierst du dich für Autos?«

»Nein.«

»Dachte ich mir. Filme? Science Fiction?«

»Nicht unbedingt. Kommt drauf an. Eigentlich sehe ich Komödien ganz gerne …«

»Ah! Ich auch! Früher fand ich die USA führend bei Komödien, aber in den letzten Jahren sind sie auf Furzkissen-Niveau gesunken. Schwer im Kommen sind die Franzosen, wer hätte das gedacht! Kennst du zum Beispiel …«

Kowalski spulte einen Filmtitel nach dem anderen ab, unterbrochen von Imitationen der ihrer Meinung nach witzigsten Szenen. Jeanette beobachtete amüsiert, wie Kowalski sich in Laune redete und wollte gerade denken: ›Eigentlich ist sie ganz nett‹. Aber dann machte die Mörderin eine schwungvolle Geste, ihre Jacke lüftete sich und gab den Blick auf die Pistole frei.

»Und?«

»Es gibt hier keinen Blumenladen mehr, also habe ich zwei Schachteln Pralinen mitgebracht, eine mit und eine ohne Alkohol.«

»Marek, du musst mich nicht abfüllen, ich bin schon willig. Ich mag auch keinen Alkohol. Was ist das andere? Nougatspezialitäten, ok, sehr schön. Ich probier mal direkt eine oder fünf.«

»Hast du keine Angst, dass ich gekommen bin, um dich zu töten? Immerhin hast du drei von unseren Männern gekillt, und die Szene heute Mittag hat Vojtech auch nicht besonders gefallen.«

»Ich hab keine Angst. Und tu mal nicht so, als ob du das überhaupt schaffen würdest. Das weißt du selber. Die anderen haben nicht kapiert, wer ich bin. Aber du schon. Also hast du Vojtech gar nicht erst gesagt, wie du den Abend verbringst. Damit der nicht auf den Gedanken kommt, dir den Auftrag zu geben, mich zu töten. Stattdessen hast du dir gedacht: ›Hmm, wenn ich eine Kowalski poppe, kann ich damit irgendwann mal ordentlich angeben.‹«

»Eigentlich habe ich gedacht: ›Meine Güte, sieht

die gut aus! Die würde ich gerne ins Bett kriegen.‹ Kowalski hin oder her.«

»Ja, ja. Blablabla. Und trotzdem stehst du da noch in deinen Klamotten.«

»Wie viele Leute hast du schon umgebracht?«

»Super Gesprächsthema für hinterher.«

»Naja, du bist übersät mit Narben …«

»Beim nächsten Kerl bleibt das Licht aus. Ein oder zwei Kerzen als Stimmungsbeleuchtung, mehr gibt's nicht.«

»… dir fehlen ein paar Zehen …«

»Zum Glück habe ich erst vorgefühlt, wie warm das Wasser ist. Wäre ich sofort in den Amazonas gesprungen, hätten die Piranhas …«

»… und ein Finger.«

»Echt? Ja, stimmt! Heute Morgen war er noch dran. Erinnere mich, dass ich gleich gucke, ob er noch im Handschuh steckt. Passiert im Winter schon mal. Letztes Jahr habe ich den rechten kleinen Finger zu Hause vergessen. Ich konnte den ganzen Urlaub nicht richtig popeln.«

»Jedenfalls siehst du aus, als ob du eine Explosion in der Fensterfabrik überlebt hättest.«

»Der ist gut, den merke ich mir.«

»Also denke ich mir, dass du nicht nur eine große Klappe hast, sondern wirklich eine Kowalski bist.«

»Oh je, du hast mein Geheimnis entdeckt! Wie konnte das nur passieren, nachdem ich den ganzen Tag nichts anderes behauptet habe?«

»Ich bin jetzt eben neugierig. Also: Wie viele Leute hast du schon umgebracht? Und wie viele davon hast du zu Tode genervt?«

»Wie bist du denn drauf? ›Jetzt, wo ich über die Alte gerutscht bin, kann ich ihr ruhig ein paar Sprüche reindrücken‹, oder was?«

»Schon gut, tut mir leid. Aber du bist schon ein bisschen, sagen wir mal: schwierig. Aber lenk nicht ab. Wie viele?«

»Keine Ahnung. Viele.«

»Mehr als zehn?«

»Hör mal, das ist langweilig. Ich hab nie gezählt. Das ist mir zu eitel. Angeberei. Alles, was du wissen musst, ist, dass ich ziemlich viel Übung darin habe, Leute zu töten. Das ist mein Beruf, und ich bin eine der besten darin.«

»Eine der besten? Ach, und das ist keine Angeberei?«

»Nein. Tatsache.«

»Aha. Ok.«

»Gut. Noch 'ne Runde? Da war noch reichlich Optimierungsbedarf, fand ich. Zum Beispiel würde ich gerne mal deine Zunge an …«

»Für wen wirst du hier arbeiten? Vojtech oder Montag?«

»Mal sehen.«

»Ich sehe es kommen, dass wir uns gegenüber stehen und aufeinander zielen.«

»Das kannst du ganz einfach vermeiden.«

»Wie?«

»Hau ab.«

»Kann ich nicht. Ich bin Vojtech was schuldig. Er hat vor ein paar Jahren …«

»Interessiert mich nicht. Hau ab, oder nicht. Deine Entscheidung.«

»Vielleicht kommt es auch nicht dazu. Vojtech hat Montag ein Angebot gemacht für ein Treffen. Er will ihm einen Vorschlag machen, wie man die Geschäftsfelder aufteilen kann.«

»Ja? Und wann soll das sein, das Treffen?«

»Übermorgen, abends.«

»Ok. Dann könntest du ja morgen Abend nochmal vorbeischauen. Ich hätte da ein paar gute Ideen, was wir noch machen könnten.«

»Morgen Abend kann ich nicht. Vojtech braucht mich.«

»Ok. Und wie sieht's mit heute Abend aus? Kannst du da nochmal?«

»Sieht ganz gut aus.«

»Im Moment sieht's eher schlaff aus. Da liegt noch eine Menge Arbeit vor mir.«

ZWEITER TAG

»Guten Morgen, Sonnenschein!« Jeanette stellte ihrem heran schlurfenden Gast einen gut gefüllten Brotkorb hin, Butter, und verschiedene Sorten Aufstrich.

»Moin.« Kowalski tauchte den Teelöffel in das Nutella-Glas und schleckte ihn mit Hingabe ab. »Schon besser. Ich hatte einen Geschmack im Mund wie 'ne Marktfrau unterm Arm.«

Sie schmierte sich ein Brötchen nach dem anderen und stopfte alle in sich hinein. Jeanette beobachtete mit Erstaunen und Entsetzen die Geschwindigkeit, mit der das geschah und die Sauerei, die dabei entstand.

Kowalski lutschte einen Marmeladenklecks von ihrem rechten Handrücken und wischte halbherzig ein paar Krümel vom Tisch. »Wir haben noch gar nicht über Geld gesprochen. Was kostet mein Zimmer pro Nacht?«

»Vierzig Euro, mit Frühstück.«

»Ich brauche Vollpension.«

»Seit der Koch weg ist …«

»Wie gesagt: Ich bin nicht anspruchsvoll. Hauptsache, einigermaßen große Portionen. Und keine Rote Bete.«

»Gut, dann vielleicht sechzig?«

»Klingt gut. Hier sind fünfhundert. Länger als eine Woche werde ich nicht bleiben. Rest kannst du dann behalten.«

»Aber ich dachte, du wärst pleite? Warum hast du sonst die paar Euro von Rosi …«

»Tja, falsch gedacht.«

Um den Lauf der Ereignisse ein bisschen zu beschleunigen, musste ich noch nicht einmal mein Zimmer verlassen. Ein paar Anrufe würden reichen. Den wichtigsten zuerst.

»Hallo, Zdenko.«

Ich hörte am anderen Ende einen tiefen Atemzug. Wahrscheinlich sah er sich jetzt ängstlich um, ob auch niemand mithörte.

»Kowalski?«

»Nein, Darth Vaders Synchronsprecherin.«

»Was willst du von mir?«

»Ich dachte, wir könnten ins Geschäft kommen.«

»Vojtech ist derjenige, den du sprechen musst, ich kann dir nicht …«

»Du bist Montags Informant.«

Noch ein tiefer Atemzug. Er sollte besser keine Karriere als Pokerspieler starten.

»Wenn das so wäre: Willst du mich erpressen?«

»Nein, das ist nicht mein Stil. Ich mag's lieber, wenn die Leute mir ihr Geld freiwillig geben. Du sollst mich bezahlen, weil ich dir helfe.«

»Wie willst du mir denn helfen?«

»Du spionierst doch nicht aus Geldgier für Montag, so dumm bist du nicht. Ich stelle mir vor, du spekulierst darauf, dass er und dein Schwager sich irgendwann richtig an die Kehle gehen. Die beiden schalten sich gegenseitig aus, du hältst dich im Hintergrund. Und wenn der Staub sich gelegt hat, bist du die Nummer Eins hier.«

»Was wäre dann deine Rolle?«

»Ich habe Informationen, die dir dabei helfen könnten. Beziehungsweise, dir erstmal helfen könnten, die nächsten Tage zu überleben.«

»Was soll das heißen?«

»Tausend.«

»Wie, tausend?«

»Soviel sollte es dir wert sein.«

»Gut. Aber ich kann dir schlecht ein Bündel Scheine in die Hand drücken. Es könnte Zeugen geben.«

»Schick mir heute Abend Jaromil vorbei. Acht Uhr. Ich gebe ihm dann irgendwas mit und behaupte, ihr hättet es gekauft.«

»Gut, gut. Also, was ist das für eine Information?«

»Vojtech will dich abservieren, um ungestört mit Montag zu fusionieren.«

»Wusste ich es doch! Seit meine Schwester gestorben ist, hat er nach einer Gelegenheit gesucht …«

Zdenko schwadronierte noch weiter, aber ich hörte nicht besonders aufmerksam zu. Wie jeder Paranoiker hielt auch er sich für den Nabel der Welt. Alles, was die Menschen in seinem Umfeld taten und sagten, musste in irgendeiner Beziehung zu ihm stehen, und meistens war es darauf angelegt, ihm zu schaden. Dass er allen, außer vielleicht Marketa, am Arsch vorbei ging, kam ihm gar nicht in den Sinn. Vor allem Vojtech unterstellte er einen raffinierten Plan, ihn zu beseitigen. Als ob der ihn nicht einfach so ausknipsen könnte.

»Ja, es fügt sich alles zusammen, nicht wahr?« Ich goss natürlich Öl in sein Feuer. »Morgen steigt der große Deal, Vojtech wird der Crystal Meth König und Montag kann den Rest des Kuchens haben. Da störst du nur.«

»Woher weißt du das mit dem Meth?«

Ich wusste das, weil ich nicht doof bin. In Tschechien war die Polizei über Jahre nicht sehr aktiv, was die neuen Drogen anging. Also konnte sich dort eine kleine chemische Industrie etablieren, deren größte Zielgruppe in Deutschland saß. Die deutschen Behörden sahen sich einem Anstieg der Drogenküchen im eigenen Land gegenüber, aber sie kämpften tapfer und schlossen etliche. Letzten Endes würde das die Überschwemmung des Marktes mit heimischer Ware nicht verhindern, aber bis dahin mussten die deutschen Dealer weiter aus Tschechien importieren. Deshalb war Meth das lukrativste Schmuggelgut in dieser Gegend. Vojtech hatte den Trend ein bisschen verschlafen, aber mit guten Kontakten und einem anständigen Preis-Leistungs-Verhältnis konnte er noch aufspringen.

»Ich weiß das, weil ich nicht doof bin. Als ich bei euch war, habe ich sämtliche Telefone angezapft. Du hast zum Beispiel drei Minuten, nachdem ich aus Vojtechs Büro raus war, bei Montag angerufen. Meinst du, Vojtech zapft euch nicht an? Wahrscheinlich hat er dich bis jetzt nur benutzt, um Montag irgendwelchen Blödsinn zuzuspielen.«

Wieder ein tiefer Atemzug. Das war alles ein bisschen viel für den armen Kerl: Moderne Überwachungstechnik, die Vorstellung, dass man ihn manipuliert hatte ... wahrscheinlich würde Zdenko gleich in die Küche stürzen, sämtliche Alufolie klauen und sich daraus einen Helm basteln.

»Gut, gut. Jetzt müssen wir Ruhe bewahren, oder?«

›Wir‹. Ich hatte ihn am Haken.

»Genau. Cool bleiben, eine Strategie entwerfen. Ich schätze, bis zum großen Treffen morgen Abend haben wir nichts zu befürchten. Aber wir sollten sehen, ob wir nicht ein paar Asse in unsere Ärmel schieben können. Ein Ansatz wäre die Lieferung heute Abend. Weißt du, wo die herkommt?«

»Nein, das hat er mir nicht verraten, der Drecksack! Marek hat er mitgenommen, und Lolek! Aber nicht den Bruder seiner Frau!«

»Schon gut. Bist du heute Abend dabei?«

»Ja.«

»Aber wahrscheinlich mehr als Dekoration, oder?«

»Wir gehen fast alle hin. Vojtech will sich als starker Partner darstellen.«

»Dachte ich mir. Mein Vorschlag: Ich komme auch. Natürlich, ohne dass mich jemand sieht. Nach dem Deal folge ich den Lieferanten.«

»Und dann?«

»Ich erledige alle und mache Fotos von den Leichen. Wenn Vojtech feststellt, dass er nicht der Meth-König werden wird, gibt es auch keine Fusion mit Montag.«

Zdenko fand den Plan akzeptabel. Klar, sein eigenes Risiko war gering, und wenn was schief ging, konnte er es immer noch auf die verrückte Kowalski abwälzen. Bei meiner Preisvorstellung musste er zwar schlucken. Aber das Gefühl, endlich einen eigenen Killer zu haben, öffnete sein Portemonnaie. Er erklärte mir noch, wo das Treffen stattfinden würde:

Am Ufer der Elbe, wobei die Lieferanten mit dem Boot übersetzen würden.

Mein nächster Anruf fiel deutlich kürzer aus. Ich erzählte Rosi, dass Jaromil heute Abend in den »Heimathafen« kommen würde, und ob sie nicht auch vorbeischauen wolle. Natürlich wollte sie.

»Das ist mein Zimmer. Ich brauche es in den nächsten paar Stunden nicht. Falls ihr euch langweilt, ist hier mein Stichwort für eine anregende philosophische Diskussion: Schopenhauers Ansicht, dass alle Verliebtheit, wie ätherisch sie sich auch gebärden mag, allein im Geschlechtstriebe wurzelt.«

Rosi und Jaromil standen Hand in Hand auf dem Flur und schauten Kowalski mit großen Augen an.

»Was heißt ›ätherisch‹?«, fragte Rosi.

»Warum tust du das?«, fragte Jaromil.

»Ich habe mit deiner Freundin einen Vertrag: Ich sorge dafür, dass ihr zusammen von hier abhauen könnt. Kann sie dir gleich in Ruhe erklären. Ich dachte, ihr würdet vielleicht vorher noch ein bisschen Zeit miteinander verbringen wollen. Pariser liegen auf dem Nachttisch.«

»Ja, schon …«, begann Jaromil, aber Rosi schob ihn in das Zimmer. Sie strahlte Kowalski an und gluckste ein »Danke!«

Kowalski lauschte einen Moment an der Zimmertür, dann ging sie runter in die Küche, wo Jeanette erfolglos versuchte, sich auf ein Kreuzworträtsel zu konzentrieren.

»Ich komme mir vor wie eine Puffmutter!«, sagte sie.

»Ach, Quatsch, im Grunde findest du das doch romantisch: Junge Liebe, erstes Fummeln. Du tust den beiden einen Riesengefallen.«

»Blödsinn. Ich lasse das nur zu, weil ich wohl keine andere Wahl habe. Oder? Und warum machst du das?«

»Erinnert mich daran, als ich selber noch jung war. Ich bin eben sentimental.«

»Und nochmal: Blödsinn! Du kennst vielleicht die Definition von ›sentimental‹, aber aus eigener Erfahrung hast du doch nie …«

»Ok, du hast mich durchschaut. Ich mache hier nur meine Studien, weil ich das, was ihr ›Gefühle‹ nennt, so faszinierend finde, Erdling.«

»Reiß ruhig deine Witze. Ist das dein Schutzpanzer? Nichts ernst zu nehmen? Bringt das die Stimmen der Leute zum Schweigen, die du getötet hast?«

»Jetzt wirst du aber arg melodramatisch. Ich höre keine Stimmen. Doch, Moment, irgendwer spricht zu mir! Was sagt er? ›Boah, jetzt ’ne Pizza!‹ Gute Idee, finde ich. Hast du zufällig eine da?«

Jeanette seufzte. »Nein, ich hol morgen früh welche, ok? Im Moment habe ich Ravioli im Angebot, Sauerbraten mit Knödeln, eine asiatische Nudelpfanne …«

»Ravioli, bitte. Das geht am schnellsten, schätze ich. Ich muss gleich noch weg. Sag mal, kannst du mir eine Kamera leihen? Ich hab mein Telefon oben auf dem Zimmer vergessen, und ich will unser Pärchen nicht stören …«

»Außer der Kamera am Teleskop habe ich nur die am Handy …«

»Umso besser, dann kann ich mir die Bilder direkt schicken.«

Ich hatte erst überlegt, mir auch noch Jeanettes Auto zu leihen. Aber erstens war es ein Peugeot. Und zweitens ist man mit dem Moped schneller und wendiger, gerade in Gegenden mit viel Wald. Und man bleibt im Schnee weniger leicht stecken. Auch wenn man öfter auf die Schnauze fällt.

Um trocken auf die andere Seite der Elbe zu kommen, musste ich einen ziemlichen Umweg fahren, über Bad Schandau. Dann noch ein paar Kilometer am Ufer entlang, was im Hellen bestimmt sehr malerisch gewesen wäre. Gegenüber, auf der deutschen Seite, fuhr gerade ein Zug auf gleicher Höhe mit mir. Ich ließ mich ein bisschen zurückfallen; nicht, dass ein gelangweilter Reisender mich bemerkte. Man weiß ja nie.

Auf meiner Seite war der Schnee geräumt, die Straße trocken, es herrschte wenig Verkehr. Die paar Autos, die mir entgegen kamen, sahen mich vielleicht kurz durch ihren Scheinwerferkegel huschen, aber niemand hupte, um mich auf mein fehlendes Licht aufmerksam zu machen.

Die Lieferanten wollten mit einem Boot kommen. Unwahrscheinlich, dass sie ein paar Kilometer auf der Elbe rumschippern würden. Nicht bei dieser Kälte. Ich hatte den Treffpunkt vorher in der Satellitenansicht studiert: An der Landstraße parallel zum Ufer standen ein paar einsame Häuschen, eines davon war mit einem Steg ausgestattet. Wenn es das war, hatten sie schlecht gewählt. Um ihnen den Rückweg abzuschneiden, hätte Vojtech nur die

Straße dichtmachen müssen. Grundstück stürmen, fertig. Allerdings fiel mir beim Vorbeifahren auf, dass kein Auto in der Nähe des Hauses stand. Wie waren die hier hin gekommen? Vielleicht war es doch nicht so einfach.

Nachdem ich das Moped ein paar hundert Meter weiter abgestellt hatte und dann zurück gelaufen war, stellte sich erstens heraus, dass ich das richtige Haus identifiziert hatte und zweitens, dass die Jungs tatsächlich über ein bisschen Verstand verfügten: Oben auf dem Häuschen war ein kleiner Turm. Vielleicht für eine Uhr, oder für Glocken. Oder für ein Leuchtfeuer, um die Schiffe zu leiten. Jetzt standen aber zwei Typen darin, beide mit Gewehren. Einer sicherte die Umgebung, der andere konzentrierte sich auf das Ufer gegenüber. Nicht schlecht gedacht. Aber sie zeichneten sich doch deutlich vom Nachthimmel ab, obwohl es nicht sehr hell war. Kaum Wolken zwar, aber der Mond zeigte sich nur als dünne Sichel. Jeanette hatte in dieser Nacht gute Bedingungen in ihrer kleinen Sternenwarte.

Den Deal am anderen Ufer beobachtete einer der beiden durch ein Nachtsichtgerät, aber der Bursche, der für diese Seite zuständig war, musste sich auf sein unbewaffnetes Auge verlassen. Ich hingegen verließ mich auf die Scheinwerfer der Autos, und dass der Posten sie beobachtete. Jedes mal, wenn eines vorbei fuhr, hatte ich ein paar Sekunden, in denen er so gut wie blind sein würde. Ich schaffte es, bis auf zehn Meter an das Haus heran zu kommen. Sollte reichen.

Motorengeräusch, Rufe auf Tschechisch, Lachen. Offenbar war der Deal glatt über die Bühne gegangen. Zwei Typen verschwanden im Haus, der mit dem Nachtsichtgerät tauchte ebenfalls ab. Dann passierte zwei Minuten nichts, bis im Wald jenseits der Straße für einen Sekundenbruchteil ein Licht aufblitzte. Purer Zufall, dass ich es gesehen hatte. Der zweite Kerl aus dem Türmchen verschwand jetzt auch. Vom Haus musste ein Tunnel in den Wald führen; die drei waren vorausgegangen, während Nummer Vier zur Beobachtung zurück blieb. Als seine Kumpels reine Luft meldeten, haute er auch ab. Keine Ahnung, warum die nicht einfach Telefone benutzten. Ohne das Licht hätte ich wie ein Depp im Dunkeln gesessen und gewartet, dass die aus dem Haus kommen.

Aber gut, ein kleiner Waldspaziergang. Ich bahnte mir einen Weg durch das Unterholz und den meterhohen Schnee, so schnell und leise ich konnte. Hätte ich mal meine Motorradkleidung angezogen: Meine Jeans war in Sekunden bis zum Hintern durchnässt. Der Wind war nicht sehr stark in dieser Nacht, aber ich wusste, sobald ich stehen bliebe, würde ich anfangen zu frieren. Nach ein paar Dutzend Metern stieß ich auf einen Feldweg, auf dem breite Reifenspuren den Schnee verunziert hatten. Ein Paar Scheinwerfer kam flotter heran gewackelt, als mir lieb war. Ich warf mich hinter einen Busch, und schon walzte eine Riesenkarre an mir vorbei. Ein Pickup. Ford Ranger Wildtrak, das aktuelle Modell. Schick. Ich rannte hinterher. So schnell fuhr er nicht. Ungefähr einen Stundenkilometer langsamer als eine sprintende Kowalski unter Idealbedingungen. Nur waren die Bedingungen gegen mich, wie so oft. Im Schnee kam ich nicht richtig vorwärts, meine Beine waren kalt, und die Motorradstiefel machten auch keine Gazelle aus mir.

Mein Abstand zu dem Wagen wurde also größer. Und größer. Ich wollte gerade stoppen und den Colt ziehen, als das Auto langsamer wurde. Es kippte nach rechts, schaukelte wieder in die Waagerechte, und kippte nochmal nach rechts. Die mussten eine dicke Baumwurzel oder sowas überfahren haben. Bevor sie wieder auf die Tube drückten, machte ich einen Sprung und bekam so gerade eben die Kugel der Anhängerkupplung zu fassen. Sie schleiften mich hinterher. Auf Schnee war das ja in Maßen amüsant, abgesehen von der Kälte und der Nässe. Aber auf Asphalt wäre der Spaß schnell vorbei. Ich hätte doch meine Protektoren überziehen sollen. Aber nein, wenn man mit dem Motorrad in Schnee fällt, fällt man weich. Ja, klar. Ich Depp.

Die Anhängerkupplung war an ein massives Rechteckrohr unter der Stoßstange geschraubt. Sehr hilfreich, wenn man sich auf ein fahrendes Auto hieven will. Die Stoßstange selber war in der Mitte als Trittbrett ausgeformt. Da hockte ich jetzt drauf, die Finger um die Oberkante der Ladeklappe geklammert. Dilemma: Hier hocken bleiben und riskieren, von einem folgenden Auto entdeckt zu werden. Oder auf die Ladefläche klettern und riskieren, dabei von den Insassen entdeckt zu werden.

Die Ladefläche. Im Windschatten der Fahrer- kabine. Dort würde es nicht ganz so kalt werden. Dachte ich. Als wir die Straße erreichten und die Jungs aufs Gas latschten, nahm ich mir vor, mich in einer ruhigen Minute mal mit der Aerodynamik von Pickups zu beschäftigen. Offensichtlich funktionierte die nicht so, wie ich mir das vorgestellt hatte. Als ob es noch nicht reichte, dass ich mich langsam in eine

Eisskulptur namens ›Die gescheiterte Söldnerin‹ verwandelte, bestand die Strecke vor allem aus Serpentinen. Und der Fahrer kannte anscheinend jede einzelne Kurve mit Vornamen und wollte schnell heim zu Mutti. Mir blieb nichts übrig, als mich zwischen den Seitenwänden festzukeilen und das Ende abzuwarten. Das der Fahrt oder meines.

Nach zehn Minuten war es aber vorbei. Wir rollten nur noch. Ich riskierte einen Blick: Viel konnte ich im Dunkeln nicht erkennen, aber es sah aus wie ein Bauernhof. Ich robbte zur Ladeklappe, floss drüber hinweg und ließ mich auf den Boden tropfen. Normalerweise kein Problem, mit tiefgekühlten Muskeln aber sehr schmerzhaft.

Der Ford steuerte auf eine große Scheune zu. Im Scheinwerferlicht erkannte ich einen Kerl, der mit einer Kippe im Mund neben dem Schiebetor stand und die Insassen breit angrinste. Der Fahrer hatte die Scheibe gesenkt und flachste mit seinem PförtnerFreund. Die waren alle richtig gut drauf. Und wenig wachsam. Das wollte ich ausnutzen, obwohl ich lieber ein paar Aufwärmübungen gemacht hätte.

Der Pickup fuhr in die Scheune, der rauchende Pförtner plagte sich mit dem Tor ab. Die Bretter schabten über den Boden, die Rollen quietschten, und er hörte mich erst, als ich ihm den Mund zuhielt und ihn flüsternd bat, nicht zu schreien. Er tat mir den Gefallen. Nachdem ich mein Messer wieder aus seinem Hals gezogen hatte und ihn zu Boden gleiten ließ, schlich ich in die Scheune. Der Pickup stand rechts neben einem Haufen Ziegel und anderem Bauschutt, die vier Typen fädelten sich gerade durch die Tür einer improvisierten Zwischenwand. Die Tür ging zu, ich linste durch das Schlüsselloch: Das

Labor. Hier stellten sie Crystal Meth her. Am Ende der Scheune konnte ich links eine Reihe Vitrinenschränke erkennen, daneben einen Tisch. Rechts hatten sie ihre Chemikalien gestapelt. Verschiedene Plastik-Kanister mit Aufklebern, die bildhaft die Konsequenzen unvorsichtigen Umgangs mit dem ätzenden, brennbaren oder explosiven Inhalt darstellten. Hinter dem Tisch stand ein bebrillter Hänfling, der über beide Ohren grinste, als einer der Vier einen Koffer hochhielt. Hänfling war wohl der Koch. Tja, Junge, du hättest dir dein Chemiestudium doch lieber als Kellner oder Taxifahrer finanzieren sollen.

Normalerweise würde ich einfach durch die Tür gehen und den Typen Kugeln verpassen, bevor sie sich überhaupt umdrehen konnten. Aber hier ging das nicht. Mit ein bisschen Pech reichte ein Funke, und der ganze Laden würde in die Luft gehen. Ich wollte aber den Koffer.

Also musste es persönlich werden. Ich nahm einen halben Ziegel in die rechte Hand, ein Stück altes Wasserrohr in die Linke und betrat das Labor. Die Vier aus dem Ford hatten sich vor dem Tisch des Hänflings aufgebaut, alle bewunderten den Inhalt des Koffers. Zehn Meter. Ich warf den Stein und spurtete los, dabei zog ich wieder mein Messer. Der Ziegel traf den ganz links im Nacken. Er gab ein lustiges Geräusch von sich und kippte auf den Tisch. Seine Kumpels sahen ihm erstaunt zu. Fünf Meter. Der Hänfling hatte mich bemerkt. Er fing an zu schreien, die Muskelmänner drehten sich um. Das machte es mir leichter. Ich rammte dem zweiten von rechts mein Messer in die Brust, hielt mich daran fest und benutzte seine Masse als Anker, um dem Linken einen effizienten Tritt zu verpassen, der ihn in eine der Vitrinen katapultierte. Das Glas zerbrach, regnete herab und verwandelte ihn in einen schreienden Klumpen Gehacktes. Mein Anker stolperte rückwärts und fiel hin. Er drehte sich dabei so doof, dass ich das Messer loslassen musste. Nummer Vier zog eine Pistole, der Idiot, aber ich konnte sie ihm mit dem Rohr aus der Hand schlagen, bevor er mich im Visier hatte. Er war mir körperlich überlegen, aber ich wollte ihm keine Gelegenheit geben, das zu nutzen. Ich landete eine schnelle Reihe von Treffern mit dem Rohr, die seine Arme und Hände mehr oder weniger außer Betrieb setzten. Leider reichte das nicht. Er war ziemlich flink mit den Beinen und konnte einen harten Tritt in meiner Leber landen. Ich verlor einen Moment das Gleichgewicht, stolperte nach hinten. Das reichte dem Kerl für einen weiteren Tritt in meinen Magen. Das tat weh. Aber nicht ganz so schlimm. Ich schaffte es, seinen Fuß festzuhalten und schlug mit dem Rohr auf seine Kniescheibe. Knack. An seiner Stelle hätte ich die Nähe ausgenutzt und zum Beispiel probiert, mir mit einem schön gesprungenen Tritt vor den Kopf eine ordentliche Gehirnerschütterung zu verpassen. Aber auf die Idee kam er nicht, weil er sich lieber aufs Schreien konzentrierte.

Ich ließ seinen Fuß los und sah zu, wie er zusammenklappte. Er wälzte sich auf dem Boden und hielt die Reste der Kniescheibe fest. Völlig sinnlos, es sei denn, er hätte heilende Hände. Drei kräftige Schläge mit dem Rohr auf den Kopf, und er hörte damit auf.

Kleine Verschnaufpause. Immerhin war mir wieder wärmer. Der Typ mit dem Messer in der

Brust stöhnte und versuchte, es herauszuziehen. Danke, nicht nötig, ich nehm's selber. Ich trat auf seinen Oberkörper, um ihn am Boden zu halten und schnitt die Schlagadern an seinen beiden Oberschenkeln durch.

Der, der den Ziegel abbekommen hatte, war tatsächlich tot. Ich würde ja gerne sagen »Guter Wurf«, aber sowas ist mehr Glück als Können. Um ganz sicher zu sein, schnitt ich ihm die Halsschlagader auf, aber da pumpte nichts mehr.

Die lebende Glasmenagerie hatte sich aufgerappelt und pflückte sich die einzelnen Scherben aus dem Fleisch, völlig losgelöst von der Umwelt. Blut aus dutzenden Wunden hatte seinen Trainingsanzug durchgefärbt. Er murmelte irgendwas und spuckte eine kleine Scherbe aus. Ich hatte keine Lust, mich an ihm zu schneiden, falls er in irgendwelche spontanen Zuckungen ausbräche, also steckte ich das Messer weg. Ich war versucht, zuzugucken, wie lange er noch durchhalten würde, aber da war ja noch der Hänfling. Also musste der Ziegel ein zweites Mal ran. Dieses Mal reichte es nur zu einer Bewusstlosigkeit; wie gesagt, der erste Wurf war wirklich ein Glückstreffer. Aber Zuckungen waren nicht mehr zu befürchten, ich konnte dem Scherbenhaufen in aller Ruhe den Schädel zertrümmern.

Der Hänfling. Ich hatte ihn natürlich im Auge behalten, aber er stand einfach nur da. Starr vor Schreck. Nur seine Blase hatte sich entspannt.

»Sprichst du deutsch?«, fragte ich. Er nickte, blieb aber stumm.

»Ok, leg alles, was du in den Taschen hast, auf den Tisch.« Ich erwartete nicht, dass er eine Waffe bei sich trug, wollte mich aber nicht auf Vermutungen verlassen.

Viel hatte er nicht dabei: Eine Lesebrille, etwas Kleingeld, Brieftasche, Smartphone. In der Brieftasche bewahrte er das Foto einer rotwangigen Dorfschönheit auf, die sich auch in den Kontakten seines Telefons wiederfand. Wie unvorsichtig.

»Ist das deine Freundin?«

Er nickte wieder nur.

»Du hast bestimmt gedacht: Reichlich Knete mit Meth verdienen, erstmal einen Porsche kaufen, dann das Mädchen heiraten, oder so. Stimmt's? Nie daran gedacht, dass du es mit Mördern zu tun hast, wird schon gut gehen. Tja, Pech. Pass auf, in der nächsten halben Stunde werden hier drei Dinge passieren, die unabwendbar sind, sofern nicht das Triebwerk einer 727 auf die Scheune fällt und meine Pläne durchkreuzt: Ich werde mit dem Koffer abhauen, dein Labor wird in die Luft fliegen und du wirst noch drin sein. Und sterben.«

Zu meiner Überraschung fing er nicht an, zu heulen.

»Ich könnte aus dem ganzen Kram hier bestimmt auch was Nettes mischen, aber so gut wie du bin ich darin wahrscheinlich nicht. Ich müsste dich an den Tisch fesseln, und es kann sein, dass meine Mischung gar nicht explodiert, sondern nur brennt. Dann würdest du in den Flammen sterben. Sowas dauert. Kein schöner Tod. Oder ich mache irgendwas falsch und gehe mit in die Luft. Das wär kacke.«

Er wusste, worauf ich hinaus wollte. Jetzt kamen die Tränen.

»Wie wolltet ihr das Geld teilen? Jeder ein Sechstel? Oder solltest du mehr bekommen?«

»Für mich zwanzig Prozent.«

»Ok. Pass auf, hier ist mein Angebot: Ich gehe jetzt raus und warte. Hier gibt's nur einen Eingang. Wenn du da raus kommst, werde ich dich töten. Und ich werde mir dafür Zeit nehmen. Dann suche ich deine Freundin und werde die auch töten. Und dafür werde ich mir noch mehr Zeit nehmen. Oder vielleicht mache ich die abhängig von der Kacke, die du hier kochst. Und dann töte ich sie. Das hier ist deine Mama, in den Kontakten, oder? Tot.«

Ich ließ das etwas einsinken, bevor ich fortfuhr.

»Deine Alternative: Du bleibst hier drin. Du bastelst eine Bombe aus deinem kleinen Chemie-Baukasten, die den Laden platt macht, aber so richtig. Darum geht's mir hauptsächlich. Verbrannte Erde. Dein Vorteil: Du stirbst sehr schnell. Und deine Liebsten bleiben am Leben. Ich lege sogar noch was drauf: Ich lasse deinen Anteil, nein, halt, die Hälfte reicht auch ... also, je fünf Prozent von den Euros hier lasse ich deiner Freundin und deiner Mama zukommen. Als Trost.«

Ich lächelte ihm aufmunternd zu. Er stammelte ein paar Brocken, die ich nicht verstand, aber ich konnte mir denken, welche Bedenken er hatte.

»Du hast natürlich nur mein Wort. Ist mir klar, dass ich im Moment nicht so vertrauenswürdig wirke. Aber im Rahmen meiner Arbeit versuche ich schon, einigermaßen nett zu den Leuten zu sein. Das ist nicht einfach; kannst du mir glauben, ehrlich.«

Ich machte mit Jeanettes Handy Fotos von den Toten, warf Hänflings Brieftasche und Handy in den Koffer, klappte ihn zu, sagte: »Ihr müsst wählen ... aber wählt weise«, und ließ Hänfling stehen.

Ich hatte die Klinke der Zwischentür schon in der Hand, als er doch noch einen kompletten Satz zustande brachte.

»Bitte, kannst du ihnen sagen, dass man mich gezwungen hat?«

Wie niedlich.

»Ja, kann ich machen. Und du hast hier alles nur gesprengt, weil du keinen Ausweg mehr wusstest und die ganze Bande mitnehmen wolltest. Eigentlich bist du ein Held.«

»Danke.«

Ich öffnete das Scheunentor, fuhr den Ford raus, ohne den Pförtner aus dem Weg zu räumen und parkte in großzügigem Abstand. Den Inhalt des Koffers schüttete ich in eine Plastiktüte. Während ich noch grübelte, ob es Aldi auch in Tschechien gab, oder ob sie die Tüte aus Deutschland hatten, hob sich das Dach der Scheune, aus den vergitterten Fenstern platzten Flammenbälle, das Tor flog ein paar Meter in meine Richtung und der Pickup wackelte. Sah so aus, als ob Hänfling gute Arbeit geleistet hatte. Seine Wahl war ... weise.

So Riesenkarren sind nicht mein Ding, aber ich musste zugeben, dass der Ranger sich ganz nett fuhr. Vor allem hatte er eine echt gute Heizung. Als ich wieder in Pissdorf ankam, bedauerte ich es ein bisschen, dass ich ihn nicht behalten konnte. Ich stellte ihn hinter dem Rathaus ab, verwischte meine Fingerabdrücke und machte mich mit meiner Aldi-Tüte auf den Weg zum »Heimathafen«. Natürlich so, dass mich niemand sah, und schon gar nicht einer von Montags Leuten, die sich jetzt hinter den

Fenstern des Rathauses wundern würden, was der Pickup dort zu suchen hatte.

Ich hätte gerne einen kleinen Mitternachts-Snack gehabt, aber Jeanette war im Bett, oder Sterne gucken, keine Ahnung. Ich wollte sie nicht stören. Rosi und Jaromil waren weg. Mein Bett sah aus, als ob sie sehr lebhaft über Schopenhauer diskutiert hatten. Mein Smartphone stand immer noch da, wo ich es so sorgfältig vergessen hatte. Ich stoppte die Aufnahme, schickte die Bilder von Jeanettes Handy an meine Nummer, kontrollierte, ob sie angekommen waren und löschte sie bei Jeanette.

Die erste Viertelstunde des Films war langweilig: Das Bett, nichts passiert. Aber dann ging die Post ab. Jaromil war eher ungelenk, vielleicht nicht gerade schüchtern, aber doch ziemlich passiv. Die ganze Action ging von Rosi aus. Sie kam schon halbnackt ins Bild, also musste sie mit dem Ausziehen direkt nach dem Betreten des Zimmers begonnen haben. Sie warf sich aufs Bett und fummelte demonstrativ an sich herum. Als ob Jaromil eine Show gebraucht hätte. Das Mädchen hatte eindeutig zu viele Pornos geguckt. Die erste Runde dauerte ungefähr zwei Minuten, es folgte eine halbstündige Pause, dann ging es von vorne los. Beziehungsweise von hinten. Insgesamt schaffte Jaromil drei Durchgänge. Später schreckten die beiden hoch, dann eine Diskussion. Lerche oder Nachtigall? Wahrscheinlich war Jeanette am Zimmer vorbei gekommen. Jedenfalls knutschten sie noch ein bisschen, zogen sich an und verschwanden.

DRITTER TAG

Jeanette war dankbar, dass Kowalski an diesem Morgen lediglich ein Viertel des Frühstücks in den »Heimathafen« verstreut hatte.

»Spät geworden gestern?«

»Ja, ich war drüben. Hab mich von vier Typen abschleppen lassen. Scheunendisco, heiße Party, coole Lightshow. Ich musste meine Karre stehen lassen. Fährst du mich im Laufe des Tages rüber, damit ich sie holen kann?«

»Von mir aus jetzt sofort.«

»Nein, ich hab noch ein bisschen zu tun. Gib mir eine halbe Stunde.«

»Ok.«

»Und was hast du gestern gemacht? Watte in die Ohren gestopft? Oder zugehört? Wenn zugehört: Irgendwas Besonderes oder Lustiges? ›Ja, ja, gib mir deine heiße Sahne‹ oder so?«

»Du bist ein Ferkel. Ich hab mich auf den Dachboden zurück gezogen, man ist ja diskret. Gestern hatten wir eine schöne, klare Nacht.«

»Ja, habe ich auch bemerkt. Astronomie ist ein einsames Hobby, oder?«

»Es geht. Man kann sich ja übers Internet austauschen. Ich bin Teil eines kleinen Netzwerkes von Leuten, die Webcams an ihre Teleskope montiert haben. Letzte Nacht war es ruhig, da hatte ich nur ein paar Dutzend Aufrufe ... Aber ich hatte schon über tausend Leute in einer Nacht, die mit mir durchs Teleskop geguckt haben!«

»Ach, deshalb der Monitor! Cool!«

»Eigentlich ist es armselig. Aber was soll man hier schon machen?«

»Quatsch! Wird schon wieder besser, warte nur ab. Immer optimistisch bleiben! Erzähl mir doch von deiner Ausrüstung ... Für solche Bilder brauchst du doch eine ziemlich lichtstarke Kamera, oder?«

Jeanette wollte nicht zu den Menschen gehören, die andere mit haarfeinen Details ihres Steckenpferdes langweilen. Aber Kowalski hörte sich interessiert die technischen Einzelheiten an und warf ein paar Fragen ein, die zeigten, dass sie sich selber schon mit diesem Thema beschäftigt hatte. Sie blieb aber vage, wo sie ihre Erfahrungen gemacht hatte. Jeanette ahnte, dass, bei aller Ähnlichkeit zu ihrem eigenen Equipment, Kowalskis Fernrohre zusätzlich mit einem Fadenkreuz ausgestattet waren.

Nach dem kleinen Schwatz mit Jeanette widmete ich mich wieder dem Amateurvideo, das ich gestern aufgenommen hatte.

Ich schnitt die Stellen grob heraus, wo die beiden nur im Bett lagen und Händchen hielten, es blieben gerade mal zwanzig Minuten über. Die sichtete ich dann gründlicher. Ich konnte nichts gebrauchen, wo nicht eindeutig zu sehen war, wer da gerade mit wem was tat. Letzten Endes entschied ich mich für eine Sequenz von etwa vierzig Sekunden, in denen Jaromil und Rosi gut zu erkennen waren, und dass seine Eichel gerade an ihren Gaumen klopfte. Das sollte reichen.

Ich packte mein Telefon weg und bat Jeanette, mich zu meinem Moped zu bringen.

Eine halbe Stunde später stand ich neben der Karre, winkte meiner Wirtin zum Abschied und holte das Handy wieder raus.

»Hallo, Thomas. Hier ist Kowalski. Habt ihr euch schon den Pickup angeschaut?«

»Ja, die Kiste stand heute Morgen hier hinten. Der Karsten sagt, er wäre nicht abgeschlossen gewesen und hat ins Handschuhfach geschaut: Keine Papiere, nix. Was hast du damit zu tun?«

»Ich würde dir empfehlen, Karstens Leiche gut beschwert in die Elbe zu schmeißen.«

»Was? Wieso?«

»Der Ranger gehörte Drogendealern, die in Tschechien Meth fabriziert haben. Vojtech hat gestern ein paar Männer rüber geschickt, die das Labor in die Luft gejagt haben. Keine Überlebenden. Ich vermute mal, er will euch das anhängen.«

»Ok, danke für den Tipp. Das haben die also gestern getrieben. Wir wischen den Wagen aus und stellen ihn sonstwo ab, dann sehe ich nicht, wie die Bullen uns ...«

»Die Polizei ist nicht dein Problem. Ich gehe sogar davon aus, dass Vojtech die mit falschen Spuren von dir ablenkt. An deiner Stelle würde ich mir mehr Sorgen machen, für wen die Typen aus dem Labor gearbeitet haben. Vojtech wird mit denen Kontakt aufnehmen. Er muss sich nur neben die Ruinen stellen und schauen, wer daran Interesse hat. Ich schätze, er hat ein paar Fotos gemacht, von deinem Karsten in dem Ranger.«

»Hm. Woher weiß ich, dass du mir keine Scheiße erzählst?«

»Das Labor war in einer Scheune; ein großer Bauernhof im Osten von Bynovec. Geh selber gucken. Ich melde mich später nochmal. Ich gehe davon aus, dass du den Wert meiner Information dann zu schätzen weißt und einen guten Preis dafür zahlst.«

Ich kappte die Verbindung und wählte die nächste Nummer.

»Hallo, Vojtech. Kowalski hier. Schlechte Nachrichten: Deine Lieferanten sind tot. Ich schätze, dein Meth muss jemand anders kochen.«

»Was erzählst du da? Woher willst du überhaupt wissen …«

»Mann, die doofe Blondine ist nur ein Klischee, auf das faule Sitcom-Schreiber zurückgreifen. Ich kann zwei und zwei zusammenzählen, glaub mir. Während ihr am Elb-Ufer Pillen gezählt habt, ist Montag deinen Dealern gefolgt. Wahrscheinlich wollte er denen ein besseres Angebot machen, aber irgendwie ist wohl ein bisschen was daneben gegangen. Das Labor ist explodiert, und jetzt suchen seine Leute in den Trümmern nach dem Koffer mit deiner Kohle.«

»Der verdammte Wichser! Ich schicke ein paar Leute rüber. Wo ist das Labor?«

Ich beschrieb ihm den Weg. Allerdings nicht über Bad Schandau, sondern über Děčín. Seine Truppe würde dann von Süden kommen und erst in Bynovec auf Montags Männer treffen. Ich hatte noch genug Zeit, mir vor Ort einen Tribünenplatz zu sichern und das unvermeidliche Spektakel zu genießen. Das war jedenfalls der Plan: Die beiden Parteien stoßen aufeinander und reiben sich gegenseitig auf; niemand mehr da, der Rosi und Jaro folgen könnte; leicht verdientes Geld.

Etwa hundert Meter östlich der immer noch qualmenden Ruinen hatte jemand vor langer Zeit ein Häuschen mitten aufs Feld gebaut. Eine ziemliche Bruchbude, es wunderte mich nicht, dass die Bewohner irgendwann abgehauen waren. Die Haustür stand offen. Ich parkte meine TDM im Flur und ging in die obere Etage. Die Decke war so niedrig, dass ich nicht aufrecht stehen konnte, von den Dachschrägen ganz zu schweigen. Ich öffnete ein Oberlicht und holte mein Fernglas raus. Ziemlich gute Sicht. Leider gab es auch schon was zu sehen: Feuerwehrleute, Polizisten und die Dorfbewohner, die nichts Besseres zu tun hatten, als zu gaffen und zu schwätzen. Hätte ich mir eigentlich denken können. Kacke.

Zuerst kam Montags Personal, drei Mann. Sie stellten ihren Wagen rund fünfzig Meter nördlich an den Straßenrand und mischten sich unter die Schaulustigen. Ein paar Minuten später tauchte Marek samt zwei Puletka-Leuten auf. Plus Jaromil. Die Tschechen unterhielten sich mit den Dorfbewohnern und den Polizisten. Ich konnte erkennen, dass letztere unauffällig etwas in Empfang nahmen. Marek kaufte Informationen. Die Deutschen sahen zu, aber sie konnten nichts machen, zu viele Zeugen. Und schlauer wurden sie auch nicht. Hätten sie mal die Sprache gelernt.

Jaromil interessierte sich nicht für das Geschehen. Wahrscheinlich hatte sein Vater ihn mitgeschickt, damit er mal Einblick in die Geschäftspraktiken nehmen konnte. Aber anstatt sich an Marek zu hängen, schlurfte er gelangweilt durch die Gegend. Irgendwann verdrückte er sich hinter eine Mauer und dekorierte sie mit einem Urinfleck. Einer der Montags hatte das mitbekommen und sich von der anderen Seite an ihn herangeschlichen. Zehn Sekunden später hatte Jaromil eine Pranke über seinem Mund und wurde in Richtung Montagmobil gezerrt. Der Typ stopfte Jaro in den Kofferraum, telefonierte seine Kumpel herbei und schon waren sie weg. Nochmal Kacke.

Ich musste verschwinden, bevor Marek merkte, was los war, und ohne dass er mich sah. Das bedeutete eine Querfeldeinfahrt durch meterhohen Schnee. Na, super.

Zu meiner eigenen Überraschung stürzte ich nur einmal und schaffte es, auf eine geräumte Straße zu kommen, bevor Marek und seine beiden Kumpel sich auf den Rückweg machten. Ich drehte ordentlich am Gashahn und stand zwanzig Minuten später vor dem »Heimathafen«. Nochmal drei Minuten später klopfte ich bei den Puletkas.

Man begrüßte mich nicht gerade euphorisch, aber ich bestand darauf, Vojtech zu sehen. Er saß in seinem kargen Büro, die Ellenbogen auf dem Schreibtisch, und massierte sich die Stirn. Er war ziemlich bleich.

»Montag hat Jaromil entführt!«, sagte Zdenko.

»Echt? Tja. Ich bin wegen was Anderem hier.« Ich warf die Aldi-Tüte auf den Schreibtisch. »Das ist die Knete aus dem Deal. Alle haben nach einem Koffer geguckt, aber deine Lieferanten fanden den wohl zu auffällig. Zehn Prozent habe ich rausgenommen.

Finderlohn.« Dass ich mich verpflichtet hatte, diese zehn Prozent an Hänflings Bagage weiterzuleiten, musste Vojtech nicht wissen. Und dass ich überhaupt das ganze Geld abdrückte, damit er Lösegeld für Jaromil zahlen konnte, schon mal gar nicht. Aber ich sah keine andere Möglichkeit, meinen Vertrag mit Rosi zu erfüllen.

Apropos Rosi: Während Vojtech und Zdenko diskutierten, schickte ich eine MMS an Fräulein Montag mit dem Video von ihr und Jaro, und der Aufforderung, keinen Blödsinn zu machen, sonst würde der Clip an ihren Vater gehen. Nicht unbedingt eine vertrauensbildende Maßnahme, aber es ging gerade nicht anders; ich konnte nicht riskieren, dass sie meinen Plan durchkreuzte, nur weil der Traumprinz von ihrem Papa grob angefasst wurde.

Rosis Herz sank zu Boden, ihr entfleuchte ein Seufzen: Durch den Hintereingang schoben die Schläger ihres Vaters den verängstigten Jaromil. Sie wollte nach unten rennen, sich vor ihren Geliebten stellen, aber dann siegte die Vernunft. Sie traute ihrem Vater zu, Jaro vor ihren Augen zu verletzen, vielleicht sogar zu töten. Nur um ihr eine Lektion zu erteilen, dass sie nicht von verbotenen Früchten zu naschen habe. Trotz ihrer Sorge musste sie kurz kichern: Sie hatte gestern ziemlich ausgiebig genascht, und diese Frucht war so süß!

Aber was sollte sie nur tun, um Jaromil zu retten? Sie hätte ihr Leben freudig geopfert, wenn sie Jaromil damit retten könnte. Aber das hätte endlose Diskussionen mit ihren Eltern gegeben. Und die

Fremde aus dem »Heimathafen« hatte recht: Man gewinnt nur, wenn man den Anderen schadet. Die Anderen waren in diesem Fall Rosis und Jaromils Eltern. Aber sie war zu schwach, ihnen gegenüber zu bestehen, das wusste sie. Deshalb hatte sie die Hilfe der Fremden angenommen. Die hatte bis jetzt nicht viel unternommen, außer dass sie ihr Zimmer zur Verfügung gestellt hatte. Und ein paar von den Puletkas umgelegt, darunter Lucas. Der war zwar blöde gewesen, aber recht geschickt mit den Fingern, wie Rosi festgestellt hatte. Natürlich lange, bevor Jaromil zu Besuch aus dem Internat kam.

Rosis Telefon meldete das Eintreffen einer Nachricht. Obwohl sie in ihrem bekümmerten Grübeln versunken war, rief sie die Nachricht ab, schaute halb abwesend auf das Display und las. »Wie gesagt: Halt den Kopf unten. Du kennst Jaro nicht. Sonst kriegt dein Vater dieses Video geschickt.«

Rosi schaute sich den Clip an. Diese blöde Fotze hatte sie und Jaro heimlich gefilmt! Es waren nur ein paar Sekunden, aber die hatte bestimmt den ganzen Abend aufgenommen. Erst als sie das Filmchen zum siebten Mal abgespielt hatte, war die Empörung anderen Gefühlen gewichen. Sie musste die Frau fragen, ob sie ihr die komplette Datei schicken könne. Rosi gestand sich ein, dass sie die Gelegenheit zum Spannen auch genutzt hätte. Die Fremde hatte diese Gelegenheit sogar herbei geführt. Und nutzte das jetzt zur Erpressung. Wahrscheinlich verstand die doch was von solchen Sachen. Jedenfalls war sie ganz schön abgebrüht. Die Fremde war zu jung, um sie sich als Mutter zu wünschen. Aber eine große Schwester von dieser Sorte, das wäre geil.

Marek kam in das Büro, Marketa ging raus. Die hatte ich gar nicht bemerkt. Mauerblümchen. Marek sah ziemlich zerknirscht aus. Vojtech hatte sich aber im Griff.

»Marek, du kannst es wieder gut machen, wenn du mir meinen Jungen zurück holst. Ruf Montag an.«

Mehr musste er nicht sagen. Er kramte einen Zettel aus seiner Schublade, von dem Marek die Nummer abtippte.

»Hallo Herr Montag, hier ist Marek … Nein, Herr Puletka ist sehr erbost, aber wir wollen einen kühlen Kopf bewahren, oder? Deshalb spreche ich lieber mit Ihnen. Ganz ehrlich, ich finde, mit der Entführung des Jungen haben Sie eine Linie überschritten. Wir hätten das mit Ihrer Tochter bis jetzt nicht mal in Erwägung gezogen … Nein, das soll keine Drohung sein. Nur die Bitte, das Ganze mal aus dieser Perspektive zu sehen … Also, was können wir tun, um Jaromil unversehrt zurück zu bekommen? … Ja, Geld, dachte ich mir …«

Er bot die halbe Summe von dem, was auf dem Tisch lag. Dann feilschten die beiden wie Teppichverkäufer. Vojtech stand kurz vor einer Explosion.

»Gut, Herr Montag, das ist akzeptabel … Noch was? … Aha … Ok … Moment, da muss ich nachfragen.« Marek drückte auf das Telefon, wahrscheinlich schaltete er das Mikro aus. »Montag ist selber nicht so begeistert, was die Entführung angeht, habe ich den Eindruck. Aber er will die Situation natürlich nutzen. Das Geld können wir meiner Meinung nach opfern, das hatten wir sowieso schon abgeschrieben. Da bleibt sogar noch was über. Ich glaube, Montag ist auch nicht so sehr daran interessiert, ihm ist ein Nichtangriffspakt lieber. Er sagt, er will dir nicht im Weg stehen, wenn du mit Meth handelst, aber er möchte dafür von uns in Ruhe gelassen werden. Und du sollst ihm die anderen Felder abtreten.«

»Gib her.« Vojtech ließ sich den Apparat reichen.

»Montag, hier ist Puletka. Ich bin bereit, Ihre Bedingungen zu akzeptieren. Ich werde die Entführung meines Sohnes als Entgleisung eines übereifrigen Mitarbeiters betrachten. In genau einer Stunde schicke ich jemanden los mit dem Geld. Das schreibe ich als Lehrgeld ab. Auf halber Strecke zwischen unseren Häusern wird er darauf warten, dass Jaromil kommt, in Begleitung. Die Begleitung nimmt das Geld und dreht um, Jaromil kommt zurück nach Hause. Einverstanden? ... Ja, gut. Ich weiß das zu schätzen. Ich will diese Episode hinter uns bringen. Morgen Abend reden wir dann wie vorgesehen über das Geschäft.«

Er legte das Telefon beiseite. »Um das Geld in Empfang zu nehmen, will Montag seine Tochter schicken. Als Zeichen seines Vertrauens. Ok. Marek, du wirst dem Mädchen das Geld in die Hand drücken. Dann bringst du mir Jaro zurück, egal, was geschieht. Zdenko, sag den Männern, sie sollen sich bereit halten. Wenn Jaro was passiert, mache ich Montag fertig. Kowalski, du kannst ...«

»Nix da. Ich mache mich vom Acker. Macht das unter euch aus. Ich gehe wieder in den ›Heimathafen‹. Ist besser so. Ich gebe das nur ungern zu, aber immer, wenn ich an sowas beteiligt bin, neigen die Leute aus völlig unerfindlichen Gründen zur Nervosität.«

»Warum nur?«, sagte Marek.

»Ja, erstaunlich, oder? Finde ich auch. Dabei bin ich die Ruhe selbst.«

Ich ließ die drei stehen und machte mich auf den Weg. Im »Heimathafen« angekommen, rief ich Rosi an und erklärte ihr, dass sie sich bloß nicht anmerken lassen soll, dass sie und Jaromil was miteinander haben, ansonsten könne sie den Vertrag als gekündigt betrachten. Sie war überraschend einsichtig. Dann schickte ich Zdenko die Bilder von den Toten. Er rief mich an und fragte, was das solle, schließlich hätte Marek die Verwüstung gesehen und die Bullen hätten ihm von den gefundenen Leichenteilen erzählt. Ich redete mich heraus, dass ich nur unsere Abmachung erfüllen wolle und erinnerte ihn höflich daran, dass er sein Maul gefälligst nicht so weit aufreißen möge, weil ich sein kleines Geheimnis kannte.

»Und außerdem: Läuft doch alles super. Dein Schwager und Montag haben sich doch praktisch schon an der Kehle. Wir müssen nur noch deinen Neffen aus der Schusslinie bringen. Dann reicht ein Funke, und die ganze Kacke explodiert.«

»Scheiß auf Jaromil.«

»Ich bin mir ziemlich sicher, dass deine verstorbene Schwester das anders sehen würde.«

»Ja ... ja, du hast recht. Der Junge kann ja nichts für seinen Vater, oder? Und sonst habe ich nicht viel, was mich an sie erinnert ...«

Was für ein sentimentaler Waschlappen. Ich stimmte aber natürlich zu, dann beendete ich das Gespräch. Er hatte jetzt die Fotos auf seinem Handy, was mir vielleicht noch nützen würde.

Der Austausch. Ich stand im Eingang des »Heimathafen« und sah auf der einen Seite Marek mit der Aldi-Tüte, auf der anderen Seite Rosi mit der Pickelbacke näher kommen. Jaro wirkte ziemlich eingeschüchtert, wahrscheinlich hatte seine kleine Freundin ihm ein paar ernste Worte zugeflüstert. Ich war zufrieden: Man konnte beim besten Willen nicht erkennen, dass zwischen den beiden was lief.

Marek kam als erster an und blieb praktisch vor meiner Nase stehen. Ich grinste und winkte ihm zu. Er antwortete nur mit einem grimmigen Blick. Das Ganze stank ihm offenbar. Rosi nahm die Tüte in Empfang, sagte zu Jaromil »Tschüss, Blödmann!«, drehte sich um und machte sich auf den Heimweg. Die war ganz schön abgebrüht. Marek schob Jaromil vor sich her, um ihm mit seinem Körper Deckung zu geben.

Das sah alles ganz gut aus.

Bis Marketa, wild mit einem Messer fuchtelnd, aus einer Seitengasse auf Rosi zustürmte.

»Ich bring dich um, du Nutte!«

Rosi machte einen Ausfallschritt und eine schnelle Bewegung. Marketa taumelte, Rosi rannte davon. Marketa schaffte es fast bis zu mir. Ihre Klamotten waren voller Blut. Ich hörte noch, wie sie sagte: »Die hat mich geritzt!«, dann kippte sie vornüber und färbte den Schnee auf dem Bürgersteig. Kacke. Wegen dieser dummen Nuss würde jetzt alles viel schwieriger werden.

Später rief ich Marek an und tat so, als ob mir der Tod des Mädchens nahe ginge. Er fiel drauf rein, und ich konnte ihn ein bisschen aushorchen: Zdenko war natürlich fertig, zumal Vojtech keine Vergeltungsmaßnahmen starten wollte. Sie hatten die Szene mit Ferngläsern beobachtet und keinen Schimmer, warum Marketa ausgeflippt war. So schwer es ihm fiel, Vojtech bestand darauf, dass Rosi sich nur verteidigt hätte. Ich erzählte Marek von Marketas Fixierung auf Jaromil, dass sie mich auch als Konkurrentin betrachtet hatte, und von den Narben an ihren Armen. War ja alles nicht gelogen. Dass Marketa mir wahrscheinlich über die Schultern geguckt hatte, während ich meinen Film an Rosi schickte, behielt ich lieber für mich.

»Tut mir leid, wenn ich das so grob sage, aber ich glaube, das Mädchen hatte einen ziemlichen Lattenschuss. Kein Wunder«, sagte ich.

»Wieso: Kein Wunder?«

»Naja, guck dir ihren Vater an. Und dann musst du ja wohl zugeben, dass es vielleicht nicht total super ist für ein Mädchen, zwischen lauter männlichen Gewaltverbrechern aufzuwachsen.«

»Ja, ok, wir sind nicht gerade die besten Vorbilder, stimmt schon. Aber was meinst du mit Zdenko?«

»Ist dir an dem nie was aufgefallen? Halte ihn mal im Auge.«

Marek wollte wissen, worauf er achten solle, aber ich wich ihm aus. Natürlich hatte ich keine Ahnung, was Zdenko für Marotten zeigte. Aber er würde Mareks schiefe Blicke bemerken und noch paranoider werden.

»Hallo, Doofi. Hatte ich nicht gesagt, du sollst den Ball flach halten?«

»Ey, was kann ich denn dafür, wenn die Fotze auf einmal durchknallt?«

»Musstest du sie gleich aufschlitzen?«

»Musst du gerade sagen! Du hast drei Männer erschossen, weil die deine Karre verbeult haben!«

Da hatte sie nun auch wieder recht. Aber das war nicht das Problem.

»Das gehörte zum Plan. Du hast ihn sabotiert. Ich hab keine Ahnung, wie ich dich und Jaromil jetzt noch raushalten kann.«

Rosi fing an zu heulen. »Jaro wird mir das nie verzeihen! Ich hab seine Cousine umgebracht! Und mein Vater will mich zu meiner Tante nach Dresden bringen lassen! Zu meiner eigenen Sicherheit, sagt er. Aber dann sehe ich Jaro nie wieder! Da würde ich lieber sterben!«

»Ja, ja, ja. Hör auf zu flennen, Prinzessin. Das nervt. Deine Reise ins Exil kommt mir gelegen. Pass auf: Sobald ihr losgefahren seid, sagst du deinen Begleitern, dass dein Vater mich als zusätzlichen Bodyguard engagiert hat. Er wollte das nur nicht vorher sagen, weil er einen Verräter unter seinen anderen Leuten befürchtet.«

Ich erklärte ihr, wo sie auf mich warten sollten und was ich dann vorhatte. Sie hatte keine Bedenken. Das Mädchen war wirklich abgebrüht. Sie kam mir vor wie meine kleine Schwester. Die ich nie hatte. Soweit ich weiß. Aber wenn, dann wäre die vielleicht so wie Rosi.

Zwei Stunden später half sie mir, die Leichen ihrer beiden Leibwächter aus dem Passat zu ziehen und in den Graben zu rollen. Ich prüfte die Pistolen, die ich den Typen abgenommen hatte, beides Vzor 82, die Standardwaffe der tschechischen Armee und Polizei. 9mm Makarow. Noch nicht mal 9mm Para. Naja, man muss nehmen, was man kriegen kann. Ich hatte in meinem Colt jetzt nur noch eine Patrone, und nur ein Reservemagazin bei. Zwei Dutzend zusätzliche Kugeln kamen mir ganz gelegen. Auch wenn es nur so lahmarschige Munition war.

Wir stiegen in den Kombi und fuhren los.

»Georg war eigentlich ganz nett.«

»Wer ist Georg? Und mach wenigstens das Fenster auf, wenn du schon rauchen musst.«

»Aber dann wird mir kalt!«

»Stell dich nicht so an. Ein Spalt reicht, dann zieht der Qualm ab.«

»Georg war der Beifahrer. Tut mir ein bisschen leid um ihn.«

»Du wusstest, was passiert, als du mich engagiert hast.«

»Ja. Nicht so richtig, aber irgendwie schon.«

»Also. Nachdem das geklärt ist, kommt jetzt der nächste Schritt in meinem Plan. Du wirst überrascht sein, wie der im Detail aussieht.«

Eine Viertelstunde später telefonierte ich wieder: »Hallo, Zdenko. Ich hab die Mörderin deiner Tochter.«

Ein tiefer Atemzug. Er mochte ja denken, dass er seine Sache genauso gut wie Vojtech machen würde, wenn er erst mal ans Ruder kam, oder sogar noch besser. Aber da täuschte er sich. Er war zu leicht aus dem Konzept zu bringen.

»Wie, du hast sie?« Das sagte er nur, um sich noch etwas Zeit zum Denken zu verschaffen.

»Sie liegt gefesselt und geknebelt im Kofferraum von einem Passat, an dessen Lenkrad ich gerade drehe. So habe ich sie.« Das stimmte.

»Bring sie her!«

»Und was wird dein Schwager dazu sagen?«

»Mir egal!«

»Zdenko, Zdenko, Zdenko ... übrigens sage ich deinen Namen echt gerne, Zdenko. Jedenfalls solltest du nicht so unüberlegt handeln. Ist ja klar, dass du sauer bist auf das Mädchen, aber du solltest sie erst noch benutzen. Du weißt doch, was die Klingonen sagen: Rache ist ein Gericht, das man am besten kalt serviert.«

»Gut, gut, du hast recht. Wie soll ich sie benutzen?«

»Als Druckmittel gegen Montag. Er soll dir Vojtech vom Hals schaffen, dann kriegt er sie zurück. Bring sie diese Nacht irgendwo unter, aber lass sie von ein paar Männern bewachen, denen du traust. Oder denen du irgendeinen Blödsinn erzählst. Aber sag Vojtech nichts. Lass Montag diese Nacht schmoren, dann wird er dir morgen aus der Hand fressen.«

»Gut ... du bist echt raffiniert, Kowalski. Willst du nicht hinterher meine rechte Hand werden?«

Junge, war der größenwahnsinnig.

»Wäre mir eine Ehre, Zdenko. Übrigens, was ich dich schon lange fragen wollte: Was ist eigentlich mit Marketas Mutter?«

»Die ist bei einem Autounfall gestorben ... schon lange her ...«

»Tut mir echt leid für dich. So einsam.«

»Ja, danke … Gut, gut, wo können meine Männer dich treffen?«

Ich schlug einen Parkplatz hinter Pissdorf vor, sagte noch ein paar nette Worte und legte auf. Mit ein bisschen Glück hatte ich mich als potenzielle Bettgefährtin in seine Gedanken gemogelt. Was ihn hoffentlich noch mehr außer Fassung bringen würde.

»Jaro, mir geht Marketas Tod auch nahe, aber du musst Dich jetzt zusammenreißen.«

Jaromil hörte die Worte seines Vaters, aber sie drangen nicht zu ihm durch. Er lag bäuchlings auf dem Bett, nur sein Kinn ragte über den Rand der Matratze hinaus. Marketa hatte alles versaut. Wenn es je Hoffnung für ihn und Rosi gegeben hatte, dann war sie jetzt endgültig zerschmettert.

»Du liegst jetzt schon den ganzen Tag im Bett und heulst vor dich hin. Was sollen denn meine Männer denken? Irgendwann wirst du den Laden hier übernehmen, dann müssen sie Respekt vor dir haben!«

Jaromil drehte sich um. »Ist das so verkehrt, der Zukunft mit einem geliebten Menschen nachzuweinen?«

»Nein. Aber es gibt einen Moment der Trauer und eine Zeit zum Handeln.«

»Was soll ich denn machen? Mir kommt jetzt alles so sinnlos vor.«

»Ich wusste gar nicht, dass du Marketa so sehr mochtest … Aber ich schätze, es hilft alles nichts. Wenn du noch länger hierbleibst und den Trauerkloß spielst, machst du dich lächerlich. Ich schicke Dich morgen wieder zurück ins Internat. Das bringt dich auf andere Gedanken. Da rennen doch genug hübsche Mädchen rum … sieh mal zu, dass du bei ein paar von denen in die Hose kommst.«

»Aber ich will nicht zurück!« Aus zweihundert Kilometern Entfernung konnte er Rosi nicht mehr durch das Fernglas beobachten, wenn sie nachts auf ihrem Balkon rauchte. Wenigstens dieses kleine Glück wollte er sich erhalten.

»Keine Widerrede! Marek fährt dich morgen früh. Und wenn du vor den Osterferien wieder hier auftauchst, kannst du dich als enterbt betrachten!«

Jaromil schluckte. Das würde er nicht tun. Oder? Aber sein Vater stieß niemals leere Drohungen aus. Das hatten andere Leute schon am eigenen Leib erfahren müssen. Es wurde für Jaromil Zeit, sich von den Eltern abzunabeln und an die eigene finanzielle Absicherung zu denken.

Es klopfte. Vojtech erhob sich von der Bettkante und ging zur Tür.

»Wenn es dich tröstet: Montags Zeit läuft ab. Nicht mehr lange, und wir machen die ganze Bande fertig. Dabei erwischen wir bestimmt auch das Mädchen. Ich ruf dich dann an. Und jetzt fang schon mal an zu packen.«

Jaromil sah seinem Vater hinterher, ohne dass ihm noch ein Widerspruch einfiel. Zdenko stand im Flur und begann, auf Vojtech einzureden, während der die Tür hinter sich zu zog. Deprimiert suchte Jaromil ein paar Kleidungsstücke zusammen und stopfte sie in seinen Rucksack. Irgendwie musste er an Geld kommen. Und dann mit Rosi verschwinden. Aber wie?

Ich sah den Rücklichtern eines BMW X6 hinterher. Drei von Zdenkos Männern hatten Rosi übernommen und wollten sie in ein geheimes Versteck bringen. So geheim, dass sie mir nicht sagten, wo es ist. Egal. Ich rief Jaromil an.

»Heute ist die Nacht der Nächte, jugendlicher Liebhaber. In ein paar Stunden bist du mit deiner Liebsten auf dem Weg in eine glückliche Zukunft. Wenn alles gut geht. Ich warte hinter dem Ortsschild im Süden. Du solltest dich beeilen.«

Er schaffte es in zwanzig Minuten und hatte nur einen Rucksack bei.

»Leute deines Vaters haben Rosi, im Auftrag deines Onkels. Hast du eine Idee, wo sie dein Mädchen hingebracht haben könnten?«

Er hatte eine Idee, und die stimmte mit dem Signal von Rosis Handy überein, das ich über einen Online-Dienst ortete. Bis jetzt hatten sie es noch nicht entdeckt. Sah also ganz gut aus für Rosi.

Der Waldweg hatte tiefe Fahrrinnen, der Passat setzte ein paarmal auf. Aber war ja nicht meiner.

»Ach, bevor ich das gleich vergesse: Speichere dir mal meine Telefonnummer. Kann ja sein, dass du mich in Zukunft nochmal brauchst.« Ich diktierte ihm die Nummer. Wahrscheinlich würde es nicht länger als vier Wochen dauern, bevor er mich anrief.

Nach einer Viertelstunde kamen wir zu der Hütte im Wald. Wir machten keine Anstalten, uns anzuschleichen. Ich sah ein schwaches Leuchten, ein paar Meter entfernt. Hoffentlich tauchte keine Zombie-Hinterwäldler-Folterfamilie hinter den Bäumen auf. Aber es war nur ein Wachposten, er hatte seine Kumpel über unser Kommen informiert. Per Telefon. Ohne die Beleuchtung des Displays auszuschalten.

»Hi. Ich bin's. Und Jaromil. Zdenko schickt uns.«

»Ach, ihr. Ich sag eben Bescheid.«

Es war Schnapsnase. Während wir ausstiegen, sprach er ein paar tschechische Sätze in sein Telefon, dann steckte er es weg.

»Ihr könnt rei–«

Ich hatte seine Kehle mit einem kräftigen Messerhieb durchtrennt und hielt dann ein bisschen Abstand, damit er mich nicht vollspritzte. Er sog das Blut durch die Luftröhre und atmete es wieder aus, was sich so anhörte, als ob man mit dem Strohhalm in ein Getränk blubberte. Hatte ich ja gestern noch gemacht, die Ähnlichkeit war verblüffend. Er wollte zur Hütte, aber ich trat ihm in die Kniekehle. Er fiel hin. Hoch kam er nicht mehr, er hatte schon zu viel Blut verloren. Um die Sache abzukürzen, rammte ich mein Messer durch sein Auge in den Schädel. Die Zuckungen ebbten innerhalb weniger Sekunden ab, und ich konnte seine Pistole aus dem Halfter ziehen.

Das war wieder typisch: Die deutschen Schnäppchenjäger tragen irgendwelchen billigen Kram aus den Tagen des Warschauer Paktes mit sich rum, aber der Tscheche wählt das schweizerische Qualitätsprodukt. Eine SIG P239. Nicht schlecht. Ich prüfte das Magazin: Acht Kugeln, also war es eine 9mm. Eines der größeren Kaliber, .40 S&W oder .357 SIG, wäre mir lieber gewesen, auch, wenn dann nur sieben Kugeln ins Magazin gepasst hätten. Aber egal, sollte reichen. Immerhin war die SIG klein und leicht, ideal für den Gebrauch mit der schwächeren Hand.

Jaro ging zuerst rein, ließ mich vorbei und schloss die Tür hinter mir, wie ich es ihm gesagt hatte. Ich hatte meine Hände nicht frei, und hinter dem Rücken. Jaromil rückte ein paar Armlängen von mir ab.

Die Hütte bestand aus einem großen Raum, der vernebelt war vom Qualm dutzender Zigaretten. Zdenkos Vasallen hatten sich verteilt. Drei spielten Karten, hatten ein paar Bierflaschen vor sich stehen. Zwei lungerten nur rum, zwei beschäftigten sich mit Rosi. Sie hatte ihren Schlüpfer noch an. Wir waren gerade rechtzeitig gekommen. Ein paar Minuten später und die hätten das Telefon entdeckt. Mr. Micro-Penis sah von seinen Karten auf und sagte:

»Die Kleine da hinten hat größere Titten als du, Kowalski. Oder willst du uns vom Gegenteil über—«

Ich hatte überlegt, ob ich ihm noch einen verbalen Konter reindrücken sollte, »Habe ich mit dem Mini-Pimmel-Witz einen Nerv getroffen?«, oder so. Aber mir war nicht danach. Außerdem wären dann alle auf mich fixiert gewesen. So konnte ich Bonsai-Dödel ungestört zwei Kugeln aus der Vzor in die Brust jagen. Mit der SIG schoss ich mich dann von links nach rechts durch. Weil ich nur acht Kugeln hatte, zielte ich damit sorgfältiger. Mit der Vzor ließ ich es dafür ungehemmt krachen. Wegen der schlaffen Makarow-Patrone brauchte ich sowieso hundert Schuss für Jeden. Die Munition einzuschmelzen und den Typen als Klumpen an den Kopf zu werfen wäre effektiver gewesen. Makarow? Kackarow! Hm, nein, der war wohl nicht so gut. Irgendwo war vielleicht noch ein guter Witz mit »Fuck off« verborgen, aber weil einer von meinen Gegnern es schaffte, auf mich zu zielen, fiel mir gerade nichts Gescheites ein. Die erste Vzor war leer, ich ließ sie fallen, zog die zweite aus dem Gürtel, machte einen Schritt zur Seite, um seiner Kugel auszuweichen und zahlte ihm vier zurück. Der vorletzte, Nasenhaarbart, hatte die Hände erhoben. Drei Kugeln. Jetzt war nur noch Mausgesicht über. Die letzte Kugel aus der SIG und drei aus der CZ.

Dreißig Schüsse in vier Sekunden, sechs Tote. Nein, halt, irgendeiner schrie noch. Wie immer. Trotzdem: das war eine meiner besseren Bleilawinen. Die beiden letzten Kugeln aus der zweiten Vzor drehten dem Schreihals den Ton ab. Das Heulen, das jetzt noch zu hören war, kam von Jaro. Das Röcheln kam von Herrn Winz-Schwanz. Ich zog meinen Colt und schoss ihm in die Stirn. Das Magazin war leer. Ich schob das Ersatzmagazin ein. Meine letzten sieben Kugeln in .45 ACP.

Ich schüttete eine der Bierflaschen über der 45er-Hülse auf dem Boden aus, damit sie etwas abkühlte. Dann hob ich sie mit spitzen Fingern auf und steckte sie ein. Stattdessen ließ ich die .50 AE-Hülse fallen, die ich bei den Montags geklaut hatte. Zusammen mit den Makarow-Hülsen würde es so aussehen, als ob Montags Leute hier rein gestürmt wären und alles platt gemacht hätten. Zu guter Letzt hatte sich der Chef selbst noch zu einem finalen Kopfschuss mit seiner Desert Eagle herabgelassen. Sehr schön.

Jaromil war immer noch mit Flennen beschäftigt, also befreite ich Rosi. Für ihr Alter hatte sie tatsächlich schon ziemliche Glocken. War mir schon auf dem Video aufgefallen. Wäre mir zu viel. Hätte ich berufsbedingt sowieso verkleinern lassen müssen, wegen Einschränkung der Bewegungsfreiheit. Sie wischte sich die Blutspritzer in dem kleinen Bad ab und zog sich wieder an.

»Hat ganz schön lange gedauert«, sagte sie.

»Wir hätten eine Viertelstunde früher hier sein können, aber dann wär's nicht so dramatisch gewesen.«

»Wie geht's jetzt weiter?«

»Ihr haut ab. Nehmt einen von den BMWs draußen. Eure Väter werden sich gegenseitig Entführung vorwerfen und sich an den Kragen gehen. Es wird niemand übrig bleiben, der sich für euer Schicksal interessiert.«

»Danke.«

»Ja, ja. Sechzig Euro.«

»Also, im Moment habe ich kein Geld bei, aber …«

Ein Pistolenlauf an der Stirn unterbricht die meisten Gedanken, die sich dahinter tummeln. Selbst, wenn man nicht schießt; aber besonders, wenn der Lauf noch warm ist.

»Mädchen. Guck dich um. Und dann frag dich mal, was ich wohl mit Leuten mache, die Verträge brechen.«

Jaromil schaltete sich ein: »Sechzig Euro? Kein Problem! Hier, kannst du von mir haben!«

Er holte einen Fünfziger und einen Zwanziger raus.

»Hast du's nicht passend? Zehner habe ich nicht mehr. Nur noch einen Fünfer und ein paar Münzen … höchstens neunzig Cent.«

»So stimmt's schon. Kannst du behalten.« Er war ziemlich nervös.

»Ok. Cool. Danke!« Meinte ich ehrlich. Wie heißt es so schön: Man erkennt den Charakter eines

Menschen nicht daran, wie er seine Freunde behandelt, sondern daran, wie er mit dem Kellner umgeht. Als Dienstleister stimme ich dieser Weisheit zu und weiß Großzügigkeit zu schätzen. Nicht allein wegen des Geldes, sondern wegen der Geste.

Damit waren eigentlich alle Mauern eingerissen, die der jungen Liebe im Wege standen, und die beiden lagen sich glücklich in den Armen. Wie rührend. Gähn.

»Lass uns nach Berlin fahren, Jaro.«

»Wohin du willst, Rosi!«

»Aber wovon sollen wir dann leben, Jaro?«

»Ich werde schon für dich sorgen, Rosi!« Jaro bedachte mich mit einem nervösen Seitenblick. Ich vermutete, er hatte keinen Schimmer, wie es weitergehen sollte, und wollte nur den starken Mann markieren.

Fünf Minuten später saß Jaromil am Steuer und startete den Motor. Ich hatte keine Ahnung, wie gut er überhaupt fahren konnte. Aber das konnte mir egal sein. Wenn die beiden auf den nächsten paar Kilometern in einem brennenden Wrack sterben würden, war das nicht mehr mein Problem. Bevor Rosi einstieg, gab ich auch ihr meine Telefonnummer, »Wenn du mal jemanden loswerden willst«.

Ich machte mich auf den Rückweg, im »Heimathafen« schmiss ich mich in mein Bett und schlief sofort ein. Morgen würde ich gemütlich zuschauen, wie der Schlauch der Güllepumpe platzte.

Marek hob die auffallend große Hülse auf. Im Boden war das Kaliber eingestanzt: .50 Action Express. Das Kaliber von Montags Desert Eagle.

Marek wischte das Blut von Antons Stirn. Anton, der ihm vor fast zehn Jahren gegen die Svoboda-Brüder geholfen hatte. Wobei ›geholfen‹ eine milde Untertreibung war: Der ältere Svoboda hatte gerade mit einem Baseball-Schläger den ersten Treffer auf Mareks Schädel gelandet, als Anton eine Flasche auf Svobodas Nase zerschlug. Mit dem Rest der Flasche erledigte er den jüngeren Bruder. Marek revanchierte sich mit einer Nacht in den Bordellen von Prag, die die Freundschaft der Männer zementiert hatte.

Jetzt las Marek den Vorwurf aus Antons toten Augen: Wo warst du, als ich Hilfe brauchte? Tut mir leid, dachte Marek, ich bin zu spät. Aber für Rache ist es nie zu spät. Er drehte die Hülse in seinen Fingern. Irgendetwas stimmte nicht. Da war ein Widerspruch zwischen der taktilen und der optischen Information.

Während Lolek und der auffallend nervöse Zdenko die anderen Leichen begutachteten, kramte Marek in den Taschen seiner Jacke nach einem Souvenir aus jüngerer Zeit.

VIERTER TAG

Wenn man keine Angst hat, ist das Fluch und Segen zugleich: Einerseits behalte ich in brenzligen Situationen einen klaren Verstand, andererseits fällt es mir schwer, brenzlige Situationen überhaupt erst zu erkennen. Dass ein Dutzend Typen, die mit Knarren auf mich zielen, nichts Gutes bedeutet, habe ich schnell und früh gelernt. Körpersprache kann ich auch fließend lesen. Aber Mimik ist nicht so mein Ding; ich trainiere immer noch mit einem Schauspiel-Coach, der mir erklärt, was zum Beispiel geweitete Pupillen oder Nasenflügel in welchem Zusammenhang bedeuten können. Es klappt mittlerweile ganz gut, aber bei Leuten, die ihre Gesichtszüge nicht entgleisen lassen, scheitere ich. Oder bei emotionsarmen Dumpfbacken.

Als der tumbe Lolek in den »Heimathafen« kam und mich bat, ihn zu den Puletkas zu begleiten, dachte ich deshalb, die wollten mich engagieren, weil sie jetzt den Montags gegenüber in der Unterzahl waren. Jemand anders als Lolek hätte sich vielleicht verraten. Aber in seiner Fratze konnte ich nichts entdecken und war arglos. Bis zu dem Moment, als er mir von hinten eins über die Rübe gab.

Ich liebe es, wenn ein Plan funktioniert. Hier und da hätte die Sache noch ein bisschen runder laufen können, klar. Das weiß man hinterher immer besser. Jaromils Entführung durch Montags Männer hatte mir einen dicken Strich durch meine Rechnung gemacht. Dumm gelaufen. Und als ich das gerade wieder einigermaßen in die Spur gebracht habe, schlitzt Rosi Marketa auf. Da dachte ich, alles wäre im Eimer. Aber gestern die Aktion war gut gelaufen und hatte endlich den Stein so richtig ins Rollen gebracht. Jetzt hatte ich sie alle ungefähr da, wo ich sie haben wollte.

Außer, dass ich halbnackt und unbewaffnet im Keller der Puletkas stand, oder besser: an den Armen von Lolek hochgehalten wurde. Während Vojtech mir gerade einen Leberhaken mit Lehrbuchcharakter verpasste. Marek, Zdenko und der Rest der Bande, inklusive Mama Puletka, schauten sich das Spektakel an. Marek war traurig, Zdenko nervös, einer von den Typen hatte einen Ständer, der Rest lungerte relativ unbeteiligt in verschiedenen Ecken des Raums herum. Wo war ich hier? Unter der Decke liefen Heizungsrohre entlang, die trotz dicker Isolierung für eine ordentliche Temperatur sorgten. An der Wand gegenüber der Tür hatte jemand vor langer Zeit eine Spüle und einen Herd installiert. Es gab einen Tisch und ein paar Stühle. Sah aus wie das Dienstzimmer des Hausmeisters, aus den Zeiten, als die Schule noch ihrem eigentlichen Zweck diente.

»Wo ist Jaromil?«, fragte Vojtech.

»Der ist mit der kleinen Montag abgehauen.« Würde er mir sowieso nicht glauben. Ein Schwinger in meine Nieren bestätigte diese Vermutung.

»Wer hat meine Männer umgebracht?«

»Welche Männer?«

Bevor Vojtech wieder zuschlagen konnte, schaltete Marek sich ein. »Neben Antons Leiche haben wir eine Hülse von Montags Desert Eagle gefunden. Aber die passt nicht in das Loch in Antons Kopf.«

»Wie auch, du Spaten. Die Hülse ist immer größer als die Kugel.«

»Du erinnerst dich an unsere erste Begegnung? Das Fundstück, das ich in der Tasche hatte? Die Hülse aus deinem Colt passt auch nicht in das Loch, obwohl sie kleiner ist als eine Fünfziger Kugel. Außer euch beiden hat hier keiner so große Kaliber.«

»Und was sagt uns das?«

»Du hast Anton den Kopfschuss verpasst. Du warst dabei, als Montags Leute die Männer umgelegt haben.«

»Das stimmt nicht.« Jedenfalls nicht ganz. Aber ich musste ihm nicht unbedingt erklären, was genau an seiner Vermutung falsch war.

»Komm, halt uns nicht für dumm. Ehrlich, es tut mir leid, dass es so gekommen ist, aber das hatte ich ja befürchtet. Mach es nicht schlimmer, und sag uns, wo Jaro ist. Und das Meth.«

Das Meth war auch weg? Bemerkenswert. ›Ich werde schon für dich sorgen, Rosi‹ Da hatte wohl doch mehr hinter gesteckt als nur Zweckoptimismus.

»Ich schätze, Jaro hat das Zeug. Er hat es geklaut, um Rosis Sonnenbank-Abo bezahlen zu können.«

»Blödsinn! Wo ist das Meth?« Vojtech machte mir auch noch non-verbal, aber ebenso unmiss-verständlich klar, was er von meiner Theorie hielt. Ich fand es in Maßen amüsant, dass ich ausgerechnet für etwas verprügelt wurde, an dem ich keine Schuld hatte.

»He, Vojtech«, sagte ich, »Mir fällt auf, dass du mich rannimmst, als ob ich eine Nutte wäre, die am nächsten Tag wieder auf die Straße soll. Aber bei mir brauchst du dich nicht zurückhalten.«

»Stimmt.« Sein nächster Schlag brach mir das Nasenbein. Ekliges Geräusch, vor allem im eigenen Kopf.

»Eigentlich bin ich schon länger aus diesem Geschäft raus, aber vielleicht sollten wir dich verkaufen. Irgendein Perverser lässt sich schon finden, der auf Narben steht. Lolek hat früher die Pferdchen zugeritten, weißt du. Er hat so einen Riemen, er könnte dir deinen Kehlkopf durch den Arsch reparieren.«

»Ah, er ist ein Arschficker? Deshalb die Frisur … Gut, danke, im Hintern kann ich wenigstens nicht schwanger werden. Guck ihn dir an, da weiß man doch schon vorher, dass das Kind ein Mongo wird.«

Leider klang das wegen der Blut-Schnieferei nicht so cool, wie es sollte, aber Lolek hatte es verstanden. Er ließ mich los, drehte mich um und gab mir einen Schlag in den Magen, der sich gewaschen hatte. Ich musste kotzen. Immerhin landete ein Teil der Kotze auf Vojtechs Schuhen. Fand er nicht lustig. Während ich am Boden lag, trat er auf mich ein. Ein paar von den anderen fühlten sich eingeladen, es ihm gleich zu tun. Ich konnte mich nur einigeln und meinen Kopf mit den Armen schützen. Irgendwann hörten sie auf und setzten mich auf einen Stuhl. Marek wischte mir mit einem feuchten Lappen das Gesicht ab. Widerlich.

»Hast du wieder aufs Taschentuch gespuckt, Mama? Du weißt doch, dass ich das nicht mag!«

»Kowalski, die werden dich fertig machen, wenn du nicht vernünftig bist. Das will ich mir nicht angucken müssen. Sag einfach, wo das Meth ist und was du mit Jaromil gemacht hast, und ich werde dafür sorgen, dass die aufhören.«

Pfft. Guter Bulle, böser Bulle. Damit kann man heute nur noch Sechsjährige beeindrucken.

»Marek, wenn das für deine empfindsame Natur zu viel wird, ist hier der Rat, den ich dir schon mal gegeben habe: Hau ab.«

Vojtech schaltete sich wieder ein: »Lolek, nimm ihren Arm. Ihr anderen haltet sie fest.«

Ich war zu fertig, um mich zu wehren. Aber ich war gespannt, was er sich ausgedacht hatte. Er verschwand kurz und kam mit einer Eisensäge zurück. Ok. Er wollte ein Spiel spielen.

»Du wirst uns jetzt sagen, wo Jaromil ist.«

Er setzte die Säge zwischen Loleks Händen an, auf der Oberseite meines rechten Unterarms. Ich schwieg, schaffte es aber, ihm beginnende Panik vorzuspielen. Er sägte ein paar Mal hin und her. Die Schmerzensschreie bekam ich auch ohne Schauspiel-Coach ganz gut hin.

»Montag hat Jaro! Ich habe Jaro erzählt, ich hätte die Mörderin seiner Cousine gefangen! Er sollte das Meth bringen, dann könnte er sie haben. Ich dachte, er kommt alleine, aber er hat noch ein paar Männer mitgebracht, da musste ich Verstärkung holen. Montag hat dann Jaro und das Meth kassiert.«

»Warum hast du dann die 50er Hülse da gelassen?« Marek war noch nicht ganz zufrieden.

»Montag wollte ein eindeutiges Zeichen. Wenn er euch einfach angerufen hätte, wäre das wohl ziemlich schlaff gewesen, oder? So war's deutlich …«

Vojtech ließ die Säge fallen. »Ich bin fast enttäuscht. Ich dachte, die Kowalskis wären härter.«

Ich hätte ihm eine längere Show geboten, wenn er nicht sofort an meinen rechten Arm gegangen wäre. Aber den brauchte ich noch. Blieb nur zu hoffen, dass ihm das reichte. Er gab mir noch eins auf die Zwölf. Es wurde Zeit, dass er seine Aufmerksamkeit in eine andere Richtung fokussierte.

Ich atmete ungefähr zwanzig Mal sehr schnell ein und aus, hielt die Luft an, beugte mich nach vorne und provozierte auf diese Weise eine Ohnmacht. Ich verließ mich darauf, dass Marek mich nicht an meinem Blut und Rotz ersticken lassen würde, während ich bewusstlos wurde.

Als ich wieder zu mir kam, wusste ich nicht, ob meine Ohnmacht nur fünf Minuten gedauert hatte, oder ob LV426 mittlerweile besiedelt war.

Sie hatten mich alleine gelassen. Das war ihr erster Fehler. Ich war nicht gefesselt. Das war der zweite. Und ich steckte nicht in einer Zelle, sondern in dem Raum, in dem sie mich in die Mangel genommen hatten. Dieser Raum war nicht leer. Das war der größte Fehler.

Ich tastete meinen Körper ab: Prellungen, Abschürfungen und ein Schnitt im Unterarm. Keine Brüche, außer dem Nasenbein. Gut. Mein Kopf dröhnte, als ob darin ein Parteitag abgehalten wurde. Aber ich konnte trotzdem noch klar denken, insofern war der Vergleich kacke. Ich sammelte ein paar Sekunden Kraft, dann machte ich mich an eine Bestandsaufnahme des Krams, den ich auf der Spüle und in dem kleinen Schränkchen darunter fand. Die

Besteckschublade war leer, so doof waren sie dann doch nicht. Die Inspektion des Herdes neben der Spüle brachte auch nicht viel. Aber insgesamt war noch genug Brauchbares da.

Eine Rolle transparentes Packband.

Drei alte Ausgaben des tschechischen Playboy.

Ein Kreuzworträtselheft. Leider kein Kugelschreiber.

Eine Lesebrille.

Eine Tüte Mehl, fast voll.

Fünf Tassen, bedruckt mit ach so lustigen Motiven. Auf einer sagt Garfield, dass er Montage hasst. Ich hasse Garfield.

Ein Kochtopf.

Eine Warmhalteplatte.

Dazu passend: Ein Beutel mit Teelichten.

Ein Einwegfeuerzeug.

Ein Aschenbecher aus dünnem Aluminium, mit sechs Kippen.

Sehr schön.

Lolek schloss die Tür auf. Er war vorsichtig, auch wenn er keine Angst vor dem Mädchen hatte, wie die anderen. Vor allem Marek, dieser Feigling. Das Mädchen saß immer noch auf dem Stuhl, fast genauso wie vor einer Viertelstunde.

Die anderen bereiteten sich darauf vor, die Montags zu überfallen. Aber Lolek konnte nicht gut mit Pistolen umgehen, also war für ihn kein Platz in dem Plan, der gerade besprochen wurde. Das machte ihm nichts. Schusswaffen sind sowieso für Warmduscher. Er zog den direkten Kampf vor. Nah am Mann, den Angstschweiß des Gegners riechen, seine Knochen brechen hören.

Frau Puletka hatte mitbekommen, dass er nichts zu tun hatte. Sie schlug ihm vor, in den Keller zu gehen und ein bisschen Spaß zu haben. Er wusste, was sie meinte. Das Kowalski-Mädchen hatte ihn beleidigt. Nicht, dass es ihn so sehr gestört hätte, was sie sagte. Aber ihre Frechheit schrie nach einer Lektion. Er würde es ihr zeigen. Sie mal richtig rannehmen, bis ihr der Arsch blutete. Eigentlich war sie ihm zu dünn. Aber in der Not frisst der Teufel Fliegen. Frau Puletka würde zugucken. Sie würde geil werden, auch wenn sie sich das kaum anmerken ließ. Das gefiel ihm. Vielleicht wünschte sie sich, von Lolek gefickt zu werden. Sie war gut gebaut, ihr würde das gefallen. Wenn Vojtech nicht wäre, hätte er sie schon längst gefragt. Vielleicht würde Vojtech ja heute sterben. Das wäre schade, er war ein feiner Kerl. Aber andererseits ...

Lolek blieb auf halbem Weg neben dem Tisch stehen. Warum brannten in den Kaffeetassen Teelichte? Das Kowalski-Mädchen machte eine ruckartige Bewegung, etwas glitzerte und Lolek wurde von einer weißen Wolke geduscht. Was war das für Zeug? Roch wie Mehl.

Ich zog an dem Packband. Das Packband, das, umgelenkt von einem Rohr über mir, zu den Tassen führte, die ich auf dem Heizungsrohr deponiert hatte, unter dem Lolek stand. Die Tassen auf dem Heizungsrohr kippten um und schütteten ein halbes Kilo Mehl und Kaffeeweißer über dem Riesen aus. Die Wolke sank herab, Lolek guckte doof. Bis dahin war es schon ziemlich slapstick-mäßig, aber der eigentliche Gag zündete erst, als die Wolke mit den Teelichten in Kontakt kam.

Wenn man ein Streichholz in eine Tasse Mehl wirft, trifft die Flamme auf eine relativ kleine Menge Mehlpartikel an der Oberfläche, die mit dem Luftsauerstoff eine Verbindung eingehen können. Nichts passiert. Wenn man aber die Tasse Mehl über der Flamme ausschüttet, wird die reaktionsfähige Oberfläche um ein tausendfaches erhöht. Jedes einzelne Partikel wird von Sauerstoff umgeben und kann reagieren. Sprich: brennen. Dabei entsteht genug Hitze, um benachbarte Partikel zu entzünden. Die Flammen breiten sich schlagartig über die gesamte Oberfläche der Wolke aus. Mit Kaffee-weißer geht das noch besser; mein Papa hat mir erzählt, im Knast hätten sie das Zeug früher in Röhren aus zusammengerolltem Zeitungspapier geschüttet. Dann ein Feuerzeug vor das eine Ende halten, in das andere Ende kräftig pusten: Instant-Flammenwerfer.

Das Ganze nennt sich Staubexplosion, und in einer solchen stand Lolek gerade.

Seine Lockenpracht brannte wie eine Fackel. Er schrie und schlug wild um sich, dabei erwischte er den weiblichen Quader hinter ihm. Während Mama Puletka Zähne spuckte und taumelte, sprang ich zu Lolek. Ich drückte ihm den zusammengerollten Playboy vom Februar 2009 in den Rachen. Bevor er danach greifen konnte, hämmerte ich den Papier-pflock mit dem Kochtopf in seinen brennenden Kopf. Lolek landete ein paar ungezielte Treffer auf mir, die alles andere als bekömmlich waren. Ich musste mich von ihm lösen, bevor er mich zu Brei schlug. Er zog alles, was Männern Spaß macht, aus seinem Mund und betrachtete seinen eigenen Gehirnmatsch, der am Ende des Heftes klebte.

Ich nutzte seinen kontemplativen Moment, Mama Puletka den Stuhl ins Kreuz zu werfen. Bei ihrer Statur war das so effektiv, wie mit Spatzen auf Kanonen schießen, aber ich hatte ihre Aufmerksamkeit. Sie walzte auf mich los. Gut. Jedenfalls besser, als wenn sie Hilfe geholt hätte. Ich ließ sie nah rankommen und gestattete ihr, mich an die nächste Wand zu drücken. Sie sagte irgendwas in der Art von »Der Himmel möge mir helfen«, legte ihre kleinen, speckigen Finger um meinen Hals und drückte zu. Mit erstaunlicher Kraft. Ich musste mich beeilen. Ich nahm ihre rotglänzenden Wangen sanft in meine Hände und lächelte sie an. Dann stieß ich meine Daumen in ihre Augen. Sie ließ meinen Hals los und versuchte, mich abzuschütteln, aber ich hatte meine Finger in ihre Ohren gekrallt.

»Da ist nichts, wofür der Gott der Biomechaniker dich in den Himmel lassen würde.« Konnte ich mir nicht verkneifen.

Ich bohrte meine Daumen in ihren Schädel so weit es ging. Lolek, immer noch auf kleiner Flamme, wankte mit dem Notprogramm seines Resthirns auf uns zu. Ich drehte die Puletka in seine Richtung, er schlug ohne Verstand auf sie ein. Einer seiner Schläge traf ihr Genick. Ich hörte es knacken, sie brach zusammen. Lolek stolperte über ihre Leiche und fiel hin, stand aber wieder auf. Vom Flur hörte ich schnelle Schritte, das Geschrei und Gepolter war nicht unbemerkt geblieben. Lolek hatte aufgehört, um sich zu schlagen, bewegte sich aber weiter auf mich zu. Ich schätzte, dass er nur noch ein paar

Sekunden zu leben hatte. Die musste ich nutzen. Ich kroch in den Spülenschrank und schloss die Tür hinter mir. Keinen Moment zu früh: Lolek kollabierte und landete halb auf der Spüle. Zum Glück brach das Möbel nicht unter ihm zusammen. Er rutschte auf den Boden. Ein sanfter Druck gegen die Tür bewies mir, dass er sie blockierte.

Mehrere Männer trampelten in den Raum, Flüche, unterdrückte Aufschreie, dann Stille. Ein paar langsame Schritte. »Lucie!« Vojtechs Stimme vibrierte. Den anderen fiel nichts ein, was sie sagen konnten. Erst nach einer halben Minute hatte Vojtech sich wieder im Griff: »Ihr stellt das ganze Dorf auf den Kopf, zur Sicherheit. Aber sie wird bei den Montags sein.«

Vojtechs Männer schafften es nicht, den trauernden Witwer in pietätvoller Stille und dabei einigermaßen schnell alleine zu lassen. Nach einer weiteren Minute unterdrückten Schluchzens machte sich auch Vojtech davon.

Endlich. Ich bin zwar gelenkig, aber kein Schlangenmensch. Und so, wie ich mich in das Schränkchen gefaltet hatte, schmerzten jetzt auch noch die paar Stellen, auf die ich keine Schläge bekommen hatte. Der tote Lolek blockierte nach wie vor die Tür; keine Chance, ihn wegzuschieben. Also stemmte ich mich gegen das Edelstahlblech der Spüle, bis die vier Schrauben aus dem Holz rissen. Ich kletterte aus dem Schrank und durchsuchte Lolek: Keine Waffe. Na, super. Wenigstens hatte er ein Smartphone. Bei Lucie erwartete ich nichts und wurde nicht enttäuscht: Sie hatte noch nicht einmal Taschen, die ich hätte durchsuchen können. Beide Leichen waren zu schwer, und ich war zu erschöpft, als dass ich sie groß hin und her drehen und ihre Klamotten hätte klauen können.

Ich hatte es geschafft, die Bude der Puletkas unentdeckt zu verlassen. Ich spähte kurz um die Ecke des Gebäudes: Vojtechs Männer zogen von Tür zu Tür und durchsuchten jedes Haus. Einer hatte sich vor dem »Heimathafen« postiert.

Die letzte Stunde forderte so langsam ihren Tribut. Ein gewisses Maß Feindseligkeiten kann ich wegstecken, und danach auch noch austeilen, durch Konzentration. Aber irgendwann ist auch bei mir Feierabend. Dieser Moment war jetzt gekommen, auch wenn ich mir das nur ungern eingestand. Ich brauchte mal eine Pause. Und mir fiel nur ein Ort ein, an dem ich vor Vojtechs Männern sicher wäre. Das Problem: Ich würde auf dem Weg dorthin erfrieren. Trotzdem marschierte ich los. Knurp, knurp, bibber.

Es war ein schöner, sonniger Wintertag, fast windstill und wie geschaffen für einen Spaziergang. Allerdings sollte man nicht in Unterhose rumrennen. Bei minus drei Grad wirkt sonst jeder kleine Hauch, als wenn man aus einer Schrotflinte mit Eissplittern beschossen würde. Meine Strümpfe hatte ich schon ausgezogen, bevor ich in den Schnee trat, durchnässt würden sie den Wärmeverlust nur beschleunigen. Ich zog sie über die Hände und Unterarme, damit ich wenigstens dort nicht so schnell auskühlte. Natürlich sah ich aus wie eine Idiotin und hätte jeden umgebracht, der jetzt ein Foto von mir gemacht und auf nackteweiberimschnee.tumblr.com gepostet hätte.

Zuerst wollte ich mein Ziel über die Luftlinie erreichen, aber nachdem ich ein paarmal an zu steilen Hängen gescheitert war, folgte ich dem Weg. Es ging konstant bergauf, nicht gerade motivierend. Das Wichtigste war, nicht den Fokus zu verlieren. Bei großer Kälte neigt das Hirn dazu, Null-Bock-Signale zu senden, und man will sich hinlegen und pennen. Was, ich wache dann nicht mehr auf? Ach, mir doch egal. Das passierte mir auf der Hälfte der Strecke. Ich blieb stehen und überlegte ernsthaft, mich in den Schnee fallen zu lassen und an Unterkühlung zu sterben. Angeblich ein relativ angenehmer Tod. Einfach das Floß loslassen und in die Tiefe sinken, damit Rose überleben konnte. Aber mit Rose hatte ich keinen Vertrag. Nur mit Rosi. Ich verfluchte das verdammte Drecksblag und ging langsam weiter. Bloß nicht ins Schwitzen kommen, dann würde die Kälte noch schneller in meinen Körper kriechen. Es waren nur zwei Kilometer. Stell Dich nicht so an, Weichei-Kowalski. Kommt mir aber vor wie zwanzig, Dummschwätz-Kowalski.

Ich machte mir Sorgen, dass ich noch mehr Zehen verlieren würde. Soviele hatte ich davon auch nicht mehr. Wenn ich wenigstens in einer Stadt unterwegs gewesen wäre, dann hätte ich mir aus den Mülltonnen irgendwas Isolierendes fischen können. Aber hier gab es nur kahles Unterholz und Nadel-bäume. Immerhin fand ich ein paar Kaninchenköttel. Die schmeckten zwar kacke, was keine echte Überraschung war, gaben mir aber ein Quäntchen Energie. Und einen Teil Denkvermögen zurück: Ich wählte auf dem Smartphone Jeanettes Nummer, während ich weiterlief. Eine ziemliche Fummelei mit den Strumpf-Handschuhen.

»Hi. Waren sie schon bei dir?«

»Ja. Wenn Marek nicht gewesen wäre, hätten die mir nicht nur ein paar Ohrfeigen verpasst. Wo bist du? Und was hast du getan, dass die so sauer sind?«

»Das, was ich am besten kann. Wo ich bin, musst du nicht wissen. Ist besser für dich. Was passiert gerade im Dorf?«

»Weil die dich nicht gefunden haben, denken die, du wärst bei den Montags. Ich habe gehört, wie Vojtech mit Montag telefoniert hat. Er hat ihm ein Ultimatum gestellt, sie sollen dich und Jaromil rausgeben. Die haben Jaromil nochmal geschnappt?«

»Nein, er und Rosi sind abgehauen. Wann endet das Ultimatum?«

»Jetzt gleich.«

»Ok, ich will wissen, was da passiert. Richte deine Kamera auf das Rathaus und schalte deine Website auf privat. Das muss keiner sehen außer mir. Ich logge mich als ›Killerbiene‹ ein, gib mir die entsprechenden Rechte. Bis später.«

Ich legte auf, aktivierte den Browser und fand die Kamera auf Jeanettes Homepage. Nach ein paar Minuten richtete sich der Bildausschnitt vom Blau des Himmels auf die dunkelrote Architektur des Rathauses. Keine Sekunde zu früh: In einem der Räume war etwas explodiert, Staub und Trümmer schossen aus dem Fenster. Jeanette schwenkte die Straße hinab. Einer von Vojtechs Männern hatte eine Bazooka auf der Schulter, ein anderer lud gerade nach. Ich konnte nicht hundertprozentig erkennen, was es war, aber es sah nach einem RPG-7 aus. Die Statistik sprach dafür, immerhin sind von den

Dingern bald 10 Millionen Stück produziert worden. Der VW Käfer unter den Panzerfäusten, sozusagen. Der Schütze schickte ein weiteres Geschoss Richtung Rathaus, Jeanette schwenkte zurück, aber ich konnte den Einschlag natürlich nicht mehr sehen. Aus dem Eingang des Gebäudes kamen die ersten Gestalten gestürzt. Keine schaffte es weiter als fünf Meter. Vojtechs Männer hatten sich geschickt in den umliegenden Hauseingängen und Toreinfahrten postiert; vom Rathaus aus waren sie nicht zu treffen, aber sie hatten freies Schussfeld über den Vorplatz. Keine Frage, dass am Hinterausgang ein ähnliches Spielchen lief. Einer von Montags Männern versuchte es durch ein Fenster an der Seite, aber auch er hatte keine Chance.

Dann stürmte Thomas Montag selber aus dem Haus. Er feuerte wild mit der Desert Eagle um sich, traf aber nichts Relevantes, bevor er starb. Zum Schluss taumelte eine Frau aus dem Eingang. Sie hob die Hände und sank auf die Knie, aber das nützte ihr auch nicht.

Vojtech und seine Leute kamen zögernd aus ihrer Deckung. Niemand schoss auf sie, also wurden sie mutiger. Vojtech ging zu Montags Leiche und nahm die Desert Eagle an sich. Dann schickte er seine Männer in das Rathaus.

Jetzt würde erstmal eine Zeitlang nichts passieren. Ich schaltete das Telefon aus und konnte mich wieder auf die Kälte konzentrieren.

Endlich, die Hütte im Wald. Der zweite BMW war weg. Aber die Toten lagen alle noch genauso da, wie mein Kugelhagel sie hin drapiert hatte. Nur Mr. Micro-Penis' Pose unterschied sich von dem Bild in meinem Gedächtnis; als Marek an dem Loch in seiner Stirn rum popelte, musste Anton vom Stuhl gerutscht sein. Egal.

Später würde ich gucken, ob mir die Klamotten von einem der Männer passten; so groß waren die alle nicht. Aber im Moment war ich zu schwach, zentnerweise Fleisch zu wälzen. In dem kleinen Bad fand ich ein paar Handtücher, die ich mir um den Körper schlang. Den Duschvorhang riss ich ab und wickelte ihn ebenfalls um mich. Wahrscheinlich sah ich jetzt aus wie eine Presswurst mit kleinen, lustig gezeichneten Enten auf der Pelle. Aber mir wurde wärmer. Ein bisschen. Einer der Toten hatte gelbe Finger, in seiner Jackentasche fand ich ein Feuerzeug. Zwei Minuten später stand ich triumphierend vor dem Ofen. »Seht euch nur mein Werk an! Ich habe Feuer gemacht! Ich ... habe Feuer gemacht!«

Der Ofen würde nicht lange brauchen, um auf Temperatur zu kommen, aber ich wollte trotzdem nicht bewegungslos davor sitzen und darauf warten. Also begann ich, die Toten zu durchsuchen. Einer trug eine Baseballkappe. Her damit. Und der hier hatte meine Schuhgröße.

Fehlte nur noch was zu essen. Außer einem Bounty, das ich innerhalb von drei Sekunden verputzt hatte, fand ich aber nichts. Kacke. Natürlich hätte ich mich über einen der Oberschenkel meiner schweigsamen Gesellschafter hermachen können. Aber deren Tod war schon über zwölf Stunden her, und obwohl die Kälte die Verwesung verlangsamte, wollte ich mir nicht den Magen mit Gammelfleisch verderben.

Fast noch schlimmer: Alle Waffen waren weg. Marek hatte sämtliche Schießeisen eingesammelt. Doppel-Kacke.

»Mein Gott, wie siehst du denn aus?«

Jeanette hatte Kowalski beinahe nicht erkannt, als die auf den Peugeot zu humpelte. Die geröteten Augen erinnerten an zertretene Christbaumkugeln. Was noch von den Augen zu sehen war: Das linke Jochbein war stark geschwollen, ebenso der rechte Brauenbogen. Die Nase stand in einem kubistischen Winkel ab. Über dem Rollkragen des schlabbrigen Pullovers erkannte Jeanette Abdrücke von Fingern auf Kowalskis Hals.

»Halb so kacke, wie ich mich fühle. Hast du das Essen bei?«

»Ja. Hier drin. Warte, ich bring's rein …«

»Nein, lass gut sein. Ich hab nicht aufgeräumt. Beziehungsweise: Ich hab hier gestern ordentlich aufgeräumt.« Kowalski kicherte kurz. »Danke. Aber jetzt hau besser wieder ab. Ich muss ein bisschen regenerieren, dann sehen wir uns wieder.«

»Ich hab hier noch was für dich …« Jeanette kramte in einer der Tüten und zog einen Gegenstand hervor, der in ein Handtuch eingewickelt war. Kowalskis Augen leuchteten auf, als sie die Umrisse erkannte. Ein paar Sekunden später zog sie das Magazin aus ihrem Colt und prüfte den Inhalt.

»Grumpy, Happy, Sneezy, Bashful, Sleepy, Doc und Dopey, ihr seid alle noch da! Hei-ho, hei-ho, wir sind vergnügt und froh! Wo hast du den denn her?«

»Als Lolek dich niedergeschlagen hat, wollte ich dir helfen. Er hat mich einfach aus dem Weg geschubst. Aber ich bekam deine Waffe zu fassen. Ich wollte ihn erschießen, aber ich konnte nicht.«

»Ja, ok, dabei ist das ganz einfach. Erst den Hebel hier umlegen, siehst du, dann den Typen.«

»Das meinte ich nicht.«

»Ach so. Ach, das.«

Jeanette kam sich feige vor, weil sie Kowalski nicht gerettet hatte. Kowalski musterte Jeanette, dann überlegte sie kurz.

»War bestimmt besser so. Die hätten dich getötet, ich wäre trotzdem vermöbelt worden, hätte aber jetzt nichts zu essen und keinen Colt.« Sie produzierte mit Mühe ein Grinsen. »Ich würde dich jetzt gerne umarmen, aber ich bin gerade etwas druckempfindlich. Also: Danke. Ich schulde dir was.«

Jeanette war wieder weg. Ich hatte ihr eingeschärft, noch nach Bad Schandau zu fahren und dort irgendwas zu kaufen, damit sie eine Ausrede hätte. Trotzdem war ich nicht begeistert, dass ich sie hatte kommen lassen müssen. Ich hatte sie damit in Gefahr gebracht. Und sie wusste, wo ich war. Egal, jetzt musste ich erstmal Kalorien schaufeln. Ich bot meinem Tischnachbarn, Nasenhaarbart, etwas von dem Chili an, aber der zeigte wenig Interesse. Vielleicht war er auch noch empört, dass ich seinem mausgesichtigen Kumpel die Klamotten geklaut hatte. Danach stellte ich das Feldbett auf, das in einer Ecke an der Wand lehnte. In einem Wandschrank fand ich ein paar Decken. Ich mummelte mich ein. Es war schon fast gemütlich; der Nacktspaziergang von heute Mittag war beinahe vergessen. Die Bohnen in dem Chili würden noch die Biogas-Heizung anwerfen, während ich schlief. Es würde also schön kuschelig werden.

FÜNFTER TAG

Acht Stunden. Nicht schlecht. Mir taten immer noch sämtliche Knochen weh, aber wenigstens fühlte ich mich nicht mehr so zerschlagen. Ich versuchte ein paar Dehnübungen, wollte sehen, wie einsatzbereit ich wieder war. Das Ergebnis entsprach meinen Erwartungen: Kacke. Der große Showdown musste also noch etwas warten, dachte ich. Aber er dachte anders und wollte nicht warten: Als ich Jeanette anrief, um zu erfahren, wie es in Pissdorf aussah, nahm zwar jemand das Gespräch an, meldete sich aber nicht. Weil ich auch nichts sagte, schwiegen wir uns eine ganze Weile an.

»Kowalski?« Es war Marek.

»Ja.«

»Die Nummer wird nicht angezeigt, aber ich vermute, das ist Loleks Telefon?«

»Ja. Schlauberger.«

»Wir haben Jeanette.«

»Ja.«

»Dein Leben gegen ihres.«

»Pfft.«

»Ich dachte, ihr wärt Freundinnen.«

»Dachtest du.« Ich überlegte eine Weile. Jeanette war ganz in Ordnung, aber das ist ja noch kein Grund. Allerdings hatte sie mir Essen und meinen Colt gebracht. Dass ich in ihrer Schuld stünde, war keine Phrase. Außerdem hatte sie noch nicht mein

Versteck verraten. Sonst wären die ja schon hier. Wenn die ihr so zugesetzt hatten wie mir, war das eine respektable Leistung für eine Amateurin.

»Ok. Ich komme. Dauert aber ein bisschen. Stunde ungefähr. Ich bin zu Fuß, geht nicht schneller.«

»Gut.«

»Ok. Bis gleich.«

Ich trennte die Verbindung. Ob die mich geortet hatten? Aber dann wäre es blöd gewesen, mich ins Dorf zu locken. Sie hätten Jeanettes Telefon einfach läuten lassen können. Und dann versuchen, mich in der Hütte zu überraschen.

Jeanette hatte mir gestern etwas Hühnerbrühe mitgebracht. Ich schüttete sie in einen verbeulten Alutopf und stellte sie auf den Ofen. Während die Suppe heiß wurde, zählte ich im Geiste nach, wie viele Gegner noch übrig waren. Ich kam auf acht. Mir fehlte eine Kugel. Einen musste ich mit was anderem töten als mit einem Schuss aus meinem Colt. Oder am Leben lassen.

In der Suppe war ein bisschen viel Maggi, aber es ging noch. Hauptsache, mein Magen war voll. Ich prüfte noch mal meinen Colt. Dann stemmte ich mich gegen die Wand hinter dem Ofen und trat ihn um. Ein weiterer Tritt drehte ihn auf die Seite, die glühenden Kohlen kullerten auf den Holzboden. Ich kickte ein paar davon in verschiedene Ecken der Hütte und warf die Decken und anderes brennbares Zeug darüber.

Draußen musste ich nur fünf Minuten warten, bis die Flammen aus den Fenstern schlugen. Dann machte ich mich auf den Weg. Das Wetter war nicht so schön wie gestern; es war noch früh und ein bisschen diesig. Aber ich war passender angezogen und würde auf dem Weg nach Pissdorf nicht erfrieren.

Man erwartete mich bereits. Sie standen vor der Ruine des Rathauses. Ich ging am »Heimathafen« vorbei und blieb ungefähr siebzig Meter von ihnen entfernt stehen. Ich hatte richtig gezählt, es waren acht. Vor Vojtech kniete Jeanette, er hielt ihr eine Waffe an den Kopf. Eine große, glänzende Pistole. Montags Desert Eagle, Kriegsbeute.

Ich holte das Telefon raus und wählte Mareks Nummer.

»Ich schätze, ihr lasst Jeanette nicht gehen, wenn ihr mich getötet habt.«

»Warum bist du dann gekommen?«

»Um sie zu retten.«

»Wir sind acht, du bist allein. Tut mir leid, aber vielleicht musste es so kommen …«

»Wenn's dir leid tut: Hau ab.«

»Nein.«

»Ok. Gib mir mal Zdenko.«

»Nicht Vojtech?«

»Der kommt danach.«

Marek reichte das Telefon weiter.

»Zdenko, ich habe nur noch sechs Kugeln. Du musst mir helfen.«

»Aber …«

»Das ist jetzt nicht der Moment, um zu kneifen. Soll ich Vojtech sagen, dass ich die Dealer in deinem Auftrag umgebracht habe? Ich könnte ihm ja mal empfehlen, sich die Fotos auf deinem Handy anzuschauen.«

Keine Antwort. Ich wertete das als Zustimmung.

»Ok. Erzähl Vojtech, ich hätte einen Witz über Marketa gemacht, um dich aus der Fassung zu bringen. Gib ihn mir jetzt.«

Zdenko ließ ein paar überzeugende Verwünschungen vom Stapel, dann meldete Vojtech sich.

»Was willst du?«

»Vojtech, dein Dickerchen hat sich vor meinen Augen von Lolek ficken lassen. Wollte ich dir nur mal sagen, damit du nicht ganz so böse bist, dass ich sie getötet habe.«

Natürlich machte ihn das erst richtig sauer, aber ich hörte mir sein Geifern nicht länger als ein paar Sekunden an.

Ich steckte das Telefon weg, holte den Colt raus und schoss Marek in die Brust. Siebzig Meter sind eigentlich keine Entfernung, für die man üblicherweise eine Pistole nimmt. Aber es geht auch. Wenn man es kann. Natürlich musste ich besser zielen als auf kurze Distanz. Das dauerte ein bisschen länger. Aber ich erwischte vier weitere von Vojtechs Männern innerhalb von zwei Sekunden. Ziemlich unspektakulär. Zumal die sich nicht bewegten, sondern ihre Waffen zogen. Idioten. Der Fünfte machte Anstalten, in Deckung zu gehen, aber ich traf ihn noch, bevor er hinter einem Mäuerchen verschwinden konnte.

Sechs Kugeln waren weg, lediglich Vojtech und Zdenko waren übrig. Ich ging auf sie zu.

Das Mädchen hatte aufgehört zu schießen, senkte ihre Pistole und kam langsam näher. Vojtech richtete die Desert Eagle auf sie. Kowalski hatte seine Frau getötet, und seine Männer. Er unterdrückte die Wut und die Angst, zwang sich zu ruhigem Atmen. Er schoss, Kowalski brach zusammen. Vojtech wollte losmarschieren, um das ganze Magazin in Kowalskis Gesicht zu entleeren. Aber sie rappelte sich auf und kam weiter auf ihn zu. Vielleicht nur ein Streifschuss. Er nahm sie wieder ins Visier. Eine Bewegung am Rande seiner Aufmerksamkeit. Die Wirtin schlich sich davon. Egal. Jetzt zählte nur Kowalskis Tod. Er drückte ab, Kowalski hielt sich den Bauch und sackte auf die Knie. Sie schien eine Sekunde mit dem Gleichgewicht zu kämpfen, dann kam sie wieder auf die Beine. Vojtech wurde wütend. Wie viele Kugeln musste er noch in ihren Körper pumpen? Er gab zwei weitere Schüsse ab. Kowalski zuckte zweimal, blieb kurz stehen, als ob ihr schwindelig wäre, dann lief sie weiter. Der nächste Schuss: Kowalski griff an ihre Schulter. Sie war jetzt nur noch fünfzig Meter entfernt, Vojtech konnte ihr Stöhnen deutlich hören. Er zog noch dreimal den Abzug durch. Zwei Kugeln verließen den Lauf, Kowalski kippte wieder um, dann ein metallisches Klicken. Das Magazin der Desert Eagle war leer.

»Zdenko!« Warum rief sie den Namen seines Schwagers? Vojtech Puletka drehte sich um und sah in den Lauf von Zdenkos SIG. Puletkas Augen sahen den Blitz, die Schallwellen erreichten sein Trommelfell, aber die Kugel verhinderte, dass er diese Informationen noch verarbeiten konnte.

Zdenko senkte die Pistole. Vojtechs Augen waren weit aufgerissen, fast hatte Zdenko den Eindruck, sein Schwager wollte noch etwas sagen. Aber

Vojtech ging geräuschlos zu Boden. Zdenko war jetzt der Boss. Niemand war übrig, der ihm seinen Rang streitig machen konnte. Er würde Vojtechs Kontakte nutzen und eine neue Organisation aufbauen. Natürlich besser. Mit Kleinkram würde er sich gar nicht erst abgeben, oder vielleicht nur kurzfristig. Die Zukunft lag im Meth. Schade, dass Kowalski die Meth-Küche samt Personal ausgeräuchert hatte. Aber es sollte nicht schwierig sein, neue Drogenköche aufzutreiben.

Kowalski. Zdenko war nicht so blöd, wie sie glaubte. Sie hatte ihn nur angemacht, weil sie sich ein großes Stück vom Kuchen versprach. Zdenko sah, wie sie aufstand und ohne Anzeichen von Verletzungen auf ihn zukam.

Als sie zwanzig Meter entfernt war, lachte sie ihre dreckige, rostige Lache. »Ich habe Vojtech ganz schön verarscht, oder? Das Visier von seiner Knarre ist total verstellt, er hat mich kein einziges Mal getroffen!«

Zdenko wartete, bis sie sich ihm auf drei Meter genähert hatte, dann legte er auf sie an. Sein Visier war nicht verstellt. Auf die Entfernung würde er treffen.

War ja klar. Zdenko hatte dieses triumphierende Glitzern in den Augen. Nur ich war ihm noch im Weg, dann wäre er der König von Pissdorf. Ich hob meinen Colt, er grinste überlegen. Als ihm meine letzte Kugel durch den Kopf ging, ließ sie nicht mehr viel Platz für tiefschürfende Betrachtungen. Keine Ahnung, ob er noch dahinter gekommen ist, dass ich ihn bezüglich meines Munitionsvorrates ein kleines bisschen belogen hatte.

Ich nahm seine SIG und drehte die übliche Runde, um sicher zu stellen, dass mir nicht einer von den Deppen in einem letzten Aufbäumen eine Kugel in den Rücken verpasste, aber nur drei von denen lebten noch so einigermaßen. Ich korrigierte das. Marek war auch noch bei Bewusstsein, wollte was sagen, aber ich bin kein Freund von melodramatischen Abschieden. Ich verzichtete auch auf: »Siehste, wärst du mal abgehauen«. So unhöflich bin ich nicht, den Leuten ihre Fehler unter die Nase zu reiben.

Der Rest ist schnell erzählt. Ich schärfte Jeanette ein, dass meine Beteiligung an der ganzen Sache hier bitte verschwiegen werden solle; ansonsten würde ich zurück kommen und jeden einzelnen Dorfbewohner töten. Mein Rat war, die ganzen Leichen in einen Häcksler zu stopfen und dann so tun, als ob nie was gewesen wäre.

Drei oder vier Tage verbrachte ich mit Rodeln und dem Bauen von Schneemännern. Ich kam endlich zu meiner heißen Schokolade, und ich schrieb Papa eine Karte: »Warme Grüße aus dem kalten Osten, deine Mücke«. Dann trafen die Teile für die TDM ein und ich konnte abhauen, ohne dass ich Angst haben musste, von der Polizei wegen mangelhafter Beleuchtung angehalten zu werden. Jeanette weinte ein bisschen bei meinem Abschied. Vielleicht vor Freude, mich los zu sein. Ich versprach ihr, in ein paar Jahren mal vorbei zu schauen, ob ihre Pläne, das Dorf wieder in Schwung zu bringen, aufgegangen waren. Ich gab ihr auch noch meine Telefonnummer, falls irgendwer diese Pläne blockieren sollte. Aber dann bitte im Sommer.

Mein Nasenbein ließ ich wieder richten, bei Doktor Hannemann. Der kannte mein Skelett mittlerweile schon ganz gut und stellte keine Fragen mehr. Das vorwurfsvolle Kopfschütteln hatte er sich aber immer noch nicht abgewöhnt.

Gegenüber der Freundin und der Mutter des Hänflings aus dem Meth-Labor gab ich mich als Beamtin des Bundeskriminalamtes aus, die posthum eine Belohnung für den Heldenmut des geliebten Verstorbenen verteilte. Ich blieb bei beiden nicht lange genug, um Fragen zu beantworten.

Die jeweiligen Anrufe des Liebespaares kamen erst nach fünf, beziehungsweise sechs Wochen; da hatte die Dauer der unsterblichen Liebe meine Schätzung doch übertroffen. Rosi klagte, dass Jaro selber an das Meth gegangen wäre und die Kohle, die sie durch den Verkauf erzielt hatten, in seine eigene Sucht stecken würde. Jaro weinte sich aus, dass Rosi andauernd mit anderen Typen fickte und ihm nicht genug Geld ließe.

Ich nahm beide Aufträge an.

DANKE

an Torsten Viergutz
und Frank Dieterich

Mein besonderer Dank gilt meiner Frau Andrea,
die mich immer noch aushält

KONTAKT

Kritik oder Lob, Fragen oder Anregungen?
Schreiben Sie mir: baf@prosaschleuder.de

Weitere Romane von B. A. Fuchs:

SÜDSCHIENE

Michael Eichendorf, Archivar beim Verfassungs-
schutz, soll Kontakt mit dem Verkäufer einer Stasi-
Akte aufnehmen, aber der Mann wird ermordet. Und
er ist nicht der letzte Tote...

Was steht in dieser Akte? Was macht sie mehr als
20 Jahre nach dem Ende der DDR noch so brisant,
dass Menschen dafür sterben müssen? Was wird am
Tag der Deutschen Einheit passieren?

Auf der Suche nach Antworten kommt Michael
auf die Spur einer mörderischen Verschwörung, die
Deutschland in seinen Grundfesten zu erschüttern
droht. Zur Seite steht ihm nur eine ebenso attraktive
wie skrupellose Leibwächterin. Aber wie weit reicht
deren gekaufte Loyalität?

MRS. PINK

Nach einem erfolgreichen Auftragsmord wird Kowalski entführt. Auf einer Insel zwingt man sie und andere Größen ihrer Branche, gegeneinander anzutreten. Nur mit einem schlechten Witz bewaffnet, kämpft Kowalski ums Überleben.

Währenddessen folgt ihr Vater der erkaltenden Spur seiner Tochter ...